クトゥルー・ミュトス・ファイルズ
The Cthulhu Mythos Files

クトゥルー短編集

銀の弾丸

山田正紀

創土社

クトゥルー短編集

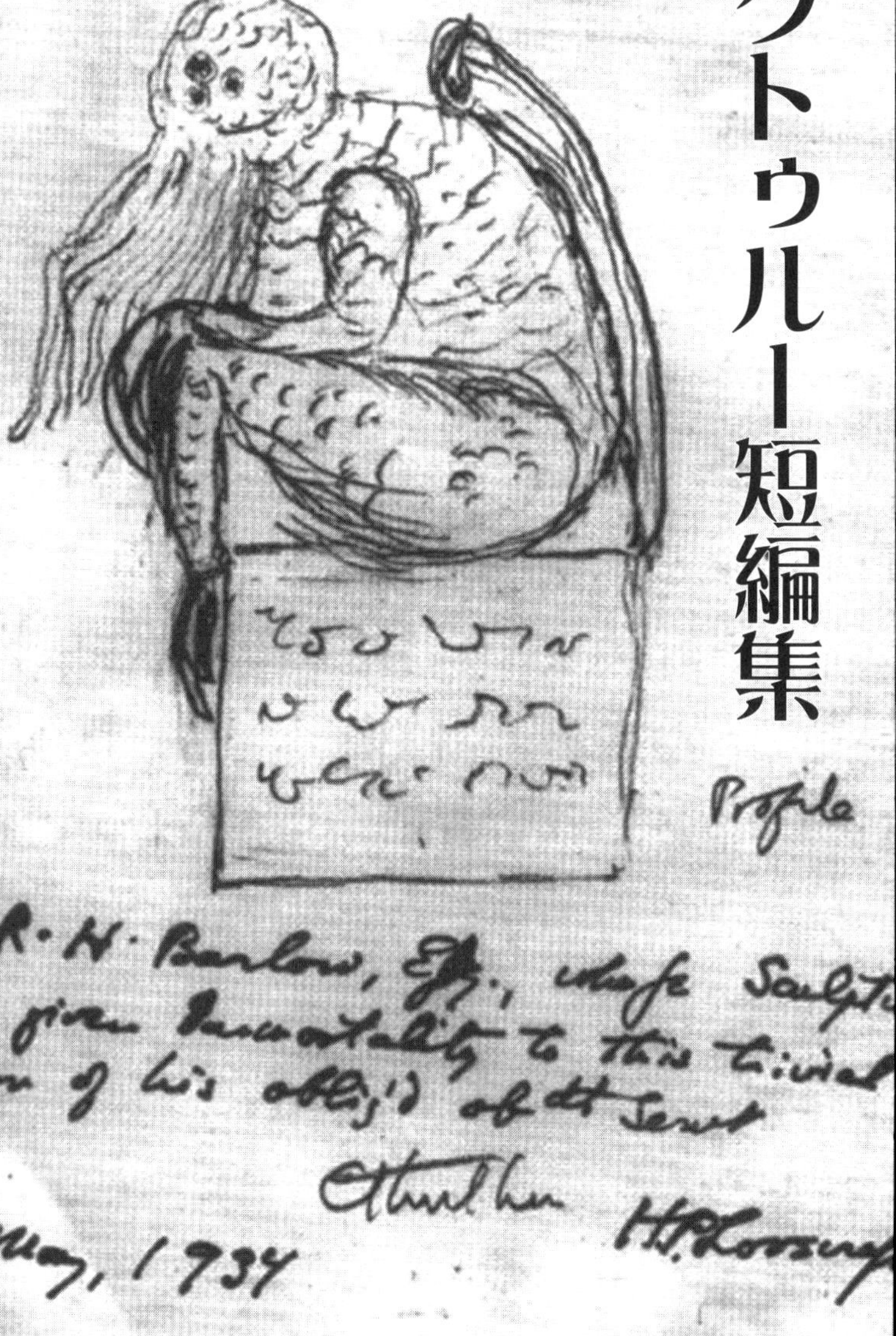

目次

銀の弾丸

1

——烈《はげ》しい陽光、その陰影をくっきりと際立たせるアテネの街並み、陽気な男女がかもしだす街の喧噪《けんそう》

……実際、エーゲ海ほど曖昧さからほど遠い風景もないだろう。

が、——極端な明瞭さは、かえって人に奇妙な非現実感を与えるようだ。強烈な陽光は、アテネをガラス板に描かれた街のように見せていた。エーゲ海から生じた蜃気楼《しんきろう》に似ていた。

私は絵葉書《えはがき》の風景のなかにいた。観光都市アテネの最大の売り物たる、パルテノンの神殿のまえに立っていたのである。

アクロポリスの丘に観光客の姿は多かった。日本人も幾人かは混じっているようだ。誰もが憧れの地に上気し、いかにも楽しげにカメラを向けあっている。

私は彼らとはまったくの異邦人《いほうじん》だった。その心境において、隔絶《かくぜつ》の相違がある。氷塊《ひょうかい》を呑《の》んだように、肚《はら》の底が冷たかった。

私がこの丘に登ってきたのは、殺人の下準備をするためなのだった。三日後、私はこの丘でひとりの青年を殺すことになる。憎んでもいない、それどころか、ただの一言も言葉を交《か》わしたことのない青年を殺さなければならないのだ。

鳩《はと》の群れのなかに投げこまれた毒蛇だ。アテネの美景も、殺人者にはよそよそしい。刑務所と精神病院

だけが、私が居るのにふさわしい場所に違いなかった。

「榊《さかき》さん……」

背後から声がかかった。

振り返った私の視界に、ゆっくりと歩き寄ってくるもう一匹の毒蛇の姿が映った。

青木満《みつる》だ。私の同僚で、こんどの作戦では相棒をつとめている。年齢は二十代の後半、小柄で、時おりひどく老《ふ》けた表情を見せる青年だ。さらにもうひとつ、重症の麻薬患者であるということも、そのプロフィールにつけ加える必要があるだろう。

「BBCのテレビ中継車がきています」

青木はまったくの無表情だった。

「アテネ警察も、そろそろ警備の人数をくりだし始めたようです」

「三日後には欧米の報道陣でこの丘はごった返すことになる」

私はタバコを咥《くわ》えた。

「警察もひどく神経を使っているようだ。当日は、拳銃どころか、ナイフひとつ持った人間もこの丘には登れないだろう」

「難しい仕事になりましたね」

「ああ……」

私は頷《うなず》かざるをえなかった。これ以上に難しい仕事はない。三日後の夜、アクロポリスの丘は全世界のテレビ受像機に映しだされる。数カ国ネットで衛星中継されるのだ。いわば私たちの殺人には、全世界の人間が目撃者たりうるのだ。

ローマ教皇《きょうこう》の来訪が、その困難さに輪をかけていた。当夜は、各国の名士、来賓《らいひん》がこの丘を埋めつくすことになるだろう。国際的な大イベントを一眼見ようとつめかける観光客たちは、警察の入念なボディ・チェックに耐えなければならないのだ。噂では、空港なみの金属探知機まで準備されているといわれていた。

そんな情況の下で、私たちはそのイベントの主役たる青年を殺さなければならないのである。

私たちの背後には巨大な組織がひかえている。ユダヤ資本を中枢《ちゅうすう》とし、必要とあらばアメリカの上院議員をも動かす組織だ。が、いかに巨大な組織でも、殺人に合法性を与えることはできない。仕事に失敗すれば、私たちはたんなる人殺しとして処罰されることになるのだ。

私は慎重にならざるをえなかった。青木が麻薬患者であるという事実が、なおさらに仕事を困難なものにしている。この世に、麻薬患者ほど相棒にふさわしくない人間はいないからだ。五歳の幼児のほうがまだましだ。禁断症状の苦痛には想像を絶するものがある。麻薬が切れれば、青木は灰皿ひとつ満足に盗めない男になるだろう。

が、ある種の精神失調は、この仕事の職業病といえた。それが、人によって多様な表れ方をするだけのことだ。私の場合は、深酒《ふかざけ》という形をとっている。私のアルコール耽溺《たんでき》は、すでにアル中の域に入っていた。寝起きのウイスキーがなければ、一日中指が震える始末なのだ。

私たちの組織は、ほとんど廃人の集まりと化した観があった。

仕事が苛烈に過ぎるのだ。人は、理想や祖国愛の救《たす》けもなしに、殺人に慣れることはできない。職業的殺人者が持つ金銭への執着《しゅうちゃく》も、また私たちには無縁なものだった。なんの恨みも持っていない人間を殺す仕事は、私たち全員を確実に腐蝕《ふしょく》していた。

「榊さん……」

青木が奇妙に抑揚のない口調で言った。

「彼女ですよ」

「………」

青木の言葉と同時に、私もまた彼女の姿を認めていた。私に限らず、観光客の視線が彼女ひとりに集中した観があった。

壬生織子《みぶおりこ》は、どこに身を置いても他者の視線を集めずにはおかない類《たぐ》いの女だった。

卵型の顔、鳶いろの大きな目、ふっくらとした唇などといったありきたりの形容では、彼女の美しさを語りつくしたことにはならない。彼女が発散する蠱惑《こわく》は、ほとんど妖気に等しいといえた。

織子は私たちを凝視《みつめ》ている。能登上布《のとじょうふ》の麻の単衣《ひとえ》に綴織《つづれおり》という拵《こしら》えが、奇妙にパルテノンの神殿に調和していた。きらめく陽光のなかで、彼女の立つ空間だけがひんやりと涼しく見えた。

織子の優雅な姿態《したい》にだまされてはいけない。彼女は超一流の呼び屋として、その世界では名の知られた女性なのである。世界のスーパースターが来日する際には、必ずプロモーターのなかに彼女の名が入っている。今回の国際的イベントをプロモートしたのも壬生織子なのだ。

私はゆっくりと織子に向かって歩きだした。

私たち二人はまんざら他人の仲ではない。いちど寝たことがあるのだ。もっとも、その後で私は危《あや》うく殺されそうになったのだが……。

「やっぱり、来ていたのね」

織子がかすれたような声で言った。

「どうせ、無駄骨なのに……」

「それはこちらの台詞《せりふ》だ」

私の声も知らず低くなっていた。

「このバカげたショーを早く中止にするんだな。今なら、まだ間に合う。とり返しのつかないことになるよ」

「あ、の、人を殺すつもりなのね」

「最悪の場合は、それも考えている」

私は偽善者と呼ばれてしかるべきだった。最悪の場合どころか、組織がその線にそって動き始めてからすでに一週間余が経過しているのだ。

「人間はいつも同じね」

織子は嘲笑《ちょうしょう》を浮かべた。

「殺すことしか考えていないんだわ」

「きみもその人間の一人なんだぞ。忘れたのか」

「少なくとも、あなたのような人間とは違うわ」

「堤兼資《つつみかねすけ》を殺されてもいいのか」

「どうやって、あの人を殺すつもりなのかしら」

織子の眸《め》がぬめるような光を帯びた。

「当日、この丘に登る人たちは厳重なボディ・チェックをうけるのよ。カメラの持ち込みさえ禁止されているんだわ。誰にも武器なんか持ち込めるはずがないわ」

「…………」

交渉決裂というべきだった。三日後、堤兼資がこのパルテノンの神殿で能を舞うのを、もう誰もとめることはできないのだ。

織子は影のように私の傍らから離れた。彼女にしてみれば、私は鬼にも等しい存在だ。口をきくのも汚《けが》らわしいと思っているに違いなかった。

「待てよ」

私の口から、自然に言葉が生じた。

猫のしなやかさで、織子は私を振り返った。裾《すそ》が少しも乱れないのが見事だった。

「忘れ物だよ」

私はポケットからだしたそれを、陽光にかざして見せた。銀の弾丸だった。

「銀の弾丸はあなたたちにこそふさわしいわ」

織子が静かに言った。

「私たちには必要のないものよ」

織子はもう二度と私を振り返ろうとはしなかった。アクロポリスの丘をおりる彼女の後ろ姿は、古代の遺跡が生みだした幻影のように見えた。

「あの女の言う通りなのかもしれませんね」

背後から、青木の声が聞こえてきた。

「銀の弾丸を撃ちこまれるべきは、ぼくたちのほうかもしれない」

私は青木の顔を直視することができなかった。私も同じ表情をしていることが分かっていたからだ。

「さあ、仕事だ」

私は無理にも織子の言葉を忘れる必要があった。

「写真は撮り終わったのか」

「ええ……」

青木は頷いた。

「よし……」

私は再び神殿を見据《みす》えた。当日、堤がこの神殿のどこでどう舞うのか、その正確な位置をあらかじめ予想しておく必要があった。その予想に正確さを欠くと、作戦は破綻《はたん》することになるのだ。

私はただいちど見る機会のあった堤のバテレン能を、脳裡《のうり》に思い浮かべていた。

――確か、堤はあの時……。

2

――映写機の回る音がきこえてくる。

暗闇に光の長方形が浮かびあがった。能舞台が映しだされているのだ。

彼岸《ひがん》から此岸《しがん》へと渡された橋懸《がか》りを、シテが静かに歩いてくる。冥府《めいふ》の住人がこの世に渡ってきたのだ。

橋懸りを運びきったシテは、方三間《ほうさんげん》の舞台でようやく観客と正対した。檜《ひのき》の床の軋《きし》む音が聞こえてくるようだ。

シテを演じているのは堤兼資、能の異端児と呼ばれている青年だ。彼の舞踊理念は、むしろ前衛舞踏家により通じるものがあるようだ。五流の家元、能楽協会などをいっさい認めようとしないのだ。彼の出現によって、沈滞しきっていた能楽の世界に、ようやく新しい血が流れ始めたといわれている。

私は能に関しては、まったくの門外漢だ。堤兼資の名も、週刊誌のグラビアで知ったに過ぎない。ふつう一般の人間と同じく、能とは退屈な代物《しろもの》だ、ぐらいの認識しか持っていなかったのである。

が、――堤兼資の舞いは、能に対する私の偏見を大きく打ち破る力を備えていた。私はしだいに画面に引き込まれ、やがては一時《ひととき》も眼を離せなくなっていたのだ。

堤の極限まで抑制された動きは、怨霊《おんりょう》の情念を余すところなく表現していた。確かに、そこには異世界が現出していた。この世のものならぬ憤りが、怨みが、悲しみが見る者の胸を圧倒するのだ。地獄の風がびょうびょうと吹き寄せてくるようだった……。

ふいに画面が白くなった。部屋の照明が点《とも》されたのだ。

私は知らずため息をついていた。一気に現実に引き戻された思いがした。

部屋には、私と、私の直接の上司たる和尚《おしょう》しかいなかった。和尚というのは、決して単なるあだ名ではない。実際に、天台宗のとある門跡《もんぜき》寺院で、僧正《そうじょう》をつとめている人物なのである。年齢は八十にちかい。

テレビや雑誌などにもよく顔を出し、一般には生臭《なまぐさ》坊主の印象が強いようだ。

和尚がどうして〝H・P・L協会〟の日本支部長をつとめることになったのか、私はその事実を知らされていない。密教の阿闍梨《あじゃり》ともあろう人物が、なぜ私刑《リンチ》機関に等しい〝H・P・L協会〟に関係しているのか……私にはその理由を推察することもできないのである。

「この能を見たことがあるか」

和尚が梟《ふくろう》のような眼を光らせて訊《たず》ねてきた。

「いや……」と、私は首を振った。

「俺は能のことは詳しくないんでね」

「詳しい人間でも、この能を見た者はいないはずだ。なにしろ、キリストの復活をあつかったもんじゃからな」

「ほう……」

私は意外だった。

「新作とは思えなかったな」

「新作どころじゃない。信長の頃につくられたもんだよ」

「……でも、キリストの復活をあつかったものなんでしょう」

「当時の宣教師たちが、民衆に教義をひろめるためにつくったものだ。いわゆるバテレン能と呼ばれている種類だよ。宣教活動に、その国の芸能を利用するのは彼らの常套《じょうとう》手段だったからの」

「なるほど……」

私は頷いたが、和尚の話にどんな興味を抱いたわけでもなかった。確かに、バテレン能は珍しい見せ物かもしれないが、私にはどんな見せ物よりも一杯の水割りのほうがありがたかったからだ。

これから飲み始めようという時に、〝H・P・L協会〟の東京支部に呼びだされたのである。そのあげくが、バテレン能の講釈では、なんとも納得できなかった。

「ところで、壬生織子という女性を知っているか」

和尚はふいに話題を変えた。

「名前だけは」私は顎《あご》を引いた。

「有名人ですからね」

おそらく壬生織子は、海外で名の知られる日本女性のなかでも、三本の指のうちに入るのではないか。いや、活躍ということからいえば、某国の大統領夫人や、某スーパースター夫人など問題にもならない。彼女はショービジネスの世界に隠然たる勢力を誇っているのである。その活動範囲は広く、民族舞踊からロックにまで及ぶといわれている。むろん、経歴、恋人の有無などは私の知るところではない。

「その壬生織子がどうかしたのですか」

「さっきのバテレン能じゃが……もともとの記録はローマ政庁のラテン文書局に保管されておったらしい。それをあの壬生とかいう女性が発見して、改めて日本からローマ教皇に捧げようということになったんだ」

「それは面白い話ですな」

私は頷くしかなかった。西洋と東洋の融合ということだ。さすがにショービジネスの大物プロモーターともなると、眼の付け所がちがう。私が酒場で飲んだくれている間にも、世界は休むことなく動いているわけだ。面白くもなんともなかった。

「彼女はたいした実力者だ」

和尚は言葉をつづけた。

「ただそれだけの話を、あっという間に国際的な大イベントにしたておった。パルテノン神殿にあの堤とかいう若僧《わかぞう》を送り込んで、バテレン能の奉納式を開催するということだ。当日には、ローマ教皇が列席して、式は衛星中継で日本と全ヨーロッパに流されるという騒ぎだ。当夜のアクロポリスの丘の入場券には、もう倍以上のプレミアムがついているらしい」

「感動的ですな」

私は無感動に呟いた。

「オリンピックの精神だ。世界はひとつというわけだ」

「ところが、ここにおかしな噂がある」と、和尚は声を低めた。

「堤兼資と壬生織子ができているという噂だ」

「………」

私はあっけにとられた。堤と壬生との噂に驚いたわけではない。世界は恋人同士でいっぱいだ。この世にありえないカップルなどというものはないのだ。堤と壬生が懇《ねんご》ろになっても、なんの不思議もない。こんな時のために、私は常日頃から女性週刊誌を愛読しているのである。——私が驚いているのは、和尚がそんなスキャンダルに興味を抱いていることに対してであった。

私の驚きにかまわず、和尚は言葉をつづけた。

「まあ、二人ともいうならばスターのようなものだ。自然、世を忍ぶ恋になる。ところが、ある夜、一緒にホテルを出てきた時、悪い奴に見られての。赤瀬とかいう、文字通り赤週刊誌の記者で……」

「二人は恐喝《きょうかつ》されることになりました」

耐えきれず、私は言葉をはさんだ。

「めでたし、めでたしじゃないですか。火遊びのいい教訓になる。検定教科書に載せても恥ずかしくない話だ……わが〝H・P・L協会〟とはなんの関係もない」

「それがそうでもない」

和尚は私の皮肉には動じなかった。その手を壁の照明スイッチに伸ばした。

「もう一度、八ミリを見て貰おうか」

私は慌ててタバコに火を点《つ》けた。いくらかでも映像効果の妨げにならないかと考えたのだ。私はそれなりに和尚を尊敬してはいたが、その独断・専横《せんおう》ぶりはいささか肚に据えかねていたのだ。

部屋が暗くなり、光の矩形《くけい》が再び浮かび上がった。

スクリーンには、どこかの街並みが映じられていた。ブティックのめだつ街路だ。六本木か、原宿の一角ではないのか。

一人の男がこちらに向かって歩いてくる。ネクタイをだらしなく締めた中年男だ。胸ポケットにさした数本のボールペンが、いかにもその男を臭味たっぷりに見せていた。教えられるまでもなく、その男が三流週刊誌の赤瀬とかいう記者であることはすぐにわかった。

私は欠伸《あくび》を洩らした。ブルーフィルムでもあるならともかく、私には恐喝者まがいの赤週刊誌の記者を観察する趣味はなかった。どうせ汚臭しかにおってこないのだ。

私の欠伸は中断されることになった。驚愕で、表情《かお》が強張《こわば》ったのだ。

赤瀬の全身から火柱が生じたのだ。どこから引火したわけでもない。空中から炎が出現したとしか思えなかった。

正視に耐えない光景だった。蝋人形さながらに、赤瀬の軀《からだ》は高熱に脂《あぶら》をしたたらせているのだ。火柱《ひばしら》は

SAKA
婦人服

なおも歩きつづけている。ほとんど炭化した右腕を、炎のなかからつきだしているのが、なんともいえず不気味だった。

音の聞こえないことが、なおさらに臨場感をたかめていた。フライパンの脂の焦げるにおいを、私は確かに鼻孔《びこう》に感じていた。これから数日は、好物のステーキを見る気にもなれないだろう。

ついに火柱が崩れた。骨をも溶かす高熱だ。路上には消炭《けしずみ》に似たものしか残っていなかった。

明かりが点された。

私の表情は土気色を呈していることだろう。タバコが紙の味になっていた。和尚の眼がなければ、吐いているところだ。

「愛人と一緒に、赤瀬は早朝の散歩としゃれこんでな」

和尚の表情もさすがに消耗して見えた。

「その愛人がちょうど八ミリに凝っていたために、赤瀬の最期がこうしてフィルムに収まることになった。可哀想に、その愛人、数日というもの狂乱状態じゃったそうだ。無理もないわ。なんの気無しに八ミリを撮っていたら、レンズのなかで恋人が炎に包まれたんじゃからな」

「警察の見解はどうなっています？」

私はようやくしゃがれ声を絞りだすことができた。

「落雷だ。警察としても手をつけかねたろうからな」

和尚は鋭く私を見据えた。

「さてと……これでも、わが〝H・P・L協会〟とはなんの関係もないことかな」

「失言でした」

私はゆっくりとかぶりを振った。

「明らかに〝クトゥルフ〟の仕業《しわざ》ですな。堤兼資と壬生織子を恐喝した赤瀬がこんな死に方をしたところを見ると……二人のうちどちらかが〝クトゥルフ〟に関係していると考えるべきでしょうね」

「きみには女のほうを調べて貰いたい」

和尚は眼を閉じた。齢《とし》相応の表情が戻ってくる。老人の貌《かお》だ。

「堤のほうは誰が調べるんですか」

「すでに青木くんに動いて貰っている。さっきの八ミリも青木くんが手を入れてくれた」

「青木……」

「彼じゃ不足かね」

「今の青木に満足な仕事ができるはずがありません」

同僚を中傷する後ろめたさを感じた。だが、そうとわかっていて、同僚を死地に赴《おもむ》かせるよりは、数倍も罪が軽いはずだった。

「彼はこの前の殺しで、〝H・P・L協会〟の仕事の真実を知ったばかりです。我々が本質的に私刑者でしかないことを覚《さと》ったばかりなのです。彼はまだ若い。そのショックは相当に大きかったはずです。しばらくは現場の仕事はやらせないほうが……」

「話は終わった」

和尚は私の言葉を遮《さえぎ》った。

「どうも、パルテノン神殿での能の奉納式が気になるんじゃよ。なにかためにするところがあるような気がしてならん。あと、二週間ちょっとしか日にちがないが……なんとか、中止させたいもんだ」

「………」

私は沈黙せざるを得なかった。こうなると、和尚はほとんど耳がないに等しくなる。私なんかの言葉など、歯牙《しが》にもかけなくなるのだ。

部屋を出る時、私は和尚を振り返った。和尚はしきりに背広のボタンをいじりながら、何事か考えこんでいた。オレンジ色のスカーフが、皺《しわ》だらけの首にそれなりに似合っていた。

私は和尚を非情な老人とは思わない。ただ密教の行に通じるあまり、普通人とは隔絶した倫理、理念を持つに至っただけだ。

時に、私にはそれが憎い。

3

壬生織子は都内の某一流ホテルの続き間《スイート》を、長期にわたって借りていた。彼女は一年のうち半年は外国で暮らす。結局はホテル住まいのほうが割安になる勘定なのだろう。もっとも、そのホテルに一泊するには、私のボロアパート一月の家賃と同じほどの支払いを覚悟しなければならないようだが……。

私はそのホテルの地下駐車場に、自動車《くるま》を駐《と》めていた。広大な駐車場だ。高級車展示場の観をなしていた。私の中古の国産車など、自動車の名に値するかどうか疑わしくなるほどだ。

夜が更けていた。が、このホテルの住人には、昼夜の区別などないようだ。ひっきりなしに自動車が出入りする。一眼でそれと知れる高級コールガールをつれた外人の姿も幾人か見えた。外人だから許されるのだ。同じことを日本人がすれば、慇懃《いんぎん》無礼《ぶれい》な物腰でホテルから追い出されてしまう。この種のホテルには、多かれ少なかれ植民地根性がしみついてしまっているのだ。

私はすでに二時間余も自動車のなかに陣取っていた。高級コールガールとまではいかないが、私にしてもお相手に不自由しているわけではなかった。コールガールごときは到底太刀《たち》打ちできないほどの、情熱的なお相手とご一緒させて貰っているのだ。そのキスの烈しさたるや、喉に穴が開くほどだ。

ドーベルマンである。

私は二歳の雌《めす》のドーベルマンを後部座席《リア・シート》に同乗させていた。顔見知りの犬屋から借りてきたのだ。時々、仕事を救けて貰うので、私とそのドーベルマンとはごく懇意《こんい》な仲になっている。そうでなければ、猛獣に匹敵するドーベルマンと、同じ自動車に乗るような危険を犯すはずがなかった。

ドーベルマンは後部座席にうずくまり、時おり低く唸《うな》り声をあげていた。彼女はデートのお相手たる私がお気に召さないようだ。飲んだくれがもてないのは世の常だ。

私はコーヒーを詰めた魔法瓶を持参していたが、それにはほとんど手をつけようとはしなかった。ウイスキーに優る飲み物はこの世に存在しない。もっぱらウイスキーの小瓶を傾けることで、空腹をまぎらわしていたのである。

「どうだ？」

私はドーベルマンにウイスキーの小瓶を差しだした。

「きみも一杯飲《や》らないか」

ドーベルマンはそっぽを向いている。彼女をクラブのホステスには推薦しがたい。実に、座持ちが悪いのだ。

ドーベルマンの耳がピンと立った。何事か聞きつけた表情だ。私は慌てて室内灯を消し、駐車場の様子を窺った。

地下駐車場に白のシトロエンＤＳが入ってきた。壬生織子の自動車《くるま》だ。ようやく、お姫さまがご帰館あそばしたらしい。

自動車の扱いにはかなり手慣れているようだ。頭のいい女性なのだろう。わずかな間隙《かんげき》に、実に滑らかにシトロエンを乗り入れている。

壬生織子が自動車から降り立った。あっさりとした水色のロング・ドレスを着ている。

遠眼にも、とんでもない美人であることがわかった。堤兼資と並べば、まさしく美男美女のカップルだろう。

ドーベルマンが低く唸った。

「嘆かなくてもいいさ」

私は彼女を慰めた。

「きみだって実に個性的だ」

織子はエレベーターのほうに向かっている。その水色のロング・ドレスが、彼女を仙女《ニンフ》のように見せていた。

幸い、自動車の出入りは中断していた。千載一遇の好機というべきだろう。私は後部の扉を開けた。

「行け」

私の声に、ドーベルマンは魚雷さながらに飛びだしていった。己の天分をよく心得ているのだ。ドーベルマンは殺戮《さつりく》のために生を受けた生き物なのである。

ドーベルマンは一直線に、織子に向かって突進している。織子はようやくドーベルマンに気がついたようだ。予想に反して、悲鳴をあげようとはしなかった。恐怖で軀《からだ》が縮んでしまったのか。

もちろん、私はぎりぎりの瞬間で、ドーベルマンを自動車に呼び戻すつもりでいた。美人を挽肉《ミンチ》にする趣味はない。要するに、織子が、〝クトゥルフ〟に関係しているか否かを見定めれば、それでいいのだ。

ドーベルマンは確実に織子を追いつめている。私は犬笛を吹こうとして、――そして、その犬笛をとり落としたのだ。

恐怖に陥《おちい》ったドーベルマンの鳴き声がうるさく駐車場に響きわたった。見えない巨人の手に摘《つま》みあげられたように、ドーベルマンの軀が宙に浮かんだのだ。

ありうべからざる光景だった。駐車場の照明が慌《あわただ》しく点滅を繰り返している。ドーベルマンの鳴き声がひときわ烈しさを増したようだ。

幼児が虫の四肢《しし》をもぐのに似ていた。ドーベルマンの首が、足がずぼっと胴体から引き抜かれた。血が驟雨《しゅうう》のように駐車場の床をないだ。

私は石と化していた。軀を氷柱が貫いたようだった。信じ難い現象に、理性が金切り声で抗議を発していた。

ドーベルマンの胴体が床に落ちた。黒い和毛《にこげ》の丸太としか見えなかった。凄惨《せいさん》そのものだった。

すでに壬生織子の姿はエレベーターに消えていた。

私は自動車から飛びだして、だらしなく吐いた。胃が空っぽになっても、なお執拗《しつよう》に、嘔吐感は消えようとしなかった。

駐車場におりてきた若いグループが、ドーベルマンの死骸《しがい》に気がつき騒ぎだした。小娘の悲鳴を背後に聞きながら、私ははっきりと織子と〝クトゥルフ〟の関わりを確信していた。

4

――青木のほうの調査は、はかばかしい進捗を見せていないようだ。堤兼資が〝クトゥルフ〟と関係している確証は、まだ何ひとつ掴めないでいるらしい。

私はいよいよ織子に対する疑惑を深めないわけにはいかなかった。

ドーベルマンが死んだ翌日、私はじかに織子に当たることを決意した。前哨戦《ぜんしょうせん》は終わったのだ。これ以上何かを掴みたかったら、私自身が囮《おとり》となるしかなかった。私自身を皿に載せて、織子のまえに差し出すのだ。文字通り、焼いて喰おうと、刺身にしようと、料理は彼女の意のままだ。

——私はホテルのロビーで、織子がおりてくるのを待ち構えていた。

午前九時。ようやく一日がその歯車を回し始める時刻だ。織子に関していろんな噂を聞いたが、彼女が早起きだという噂だけは聞いたことがない。辛抱強く待てば、いずれは織子を首尾よく掴まえることができるはずだ。

私は幾度も生欠伸を洩らした。私もまた早起きだという噂のたったことのない男なのだ。

高級ホテルのロビーは漫然と時を過ごすのには快適な場所だ。美人歌手の尊顔を拝して、眼の保養を楽しむことができる。いわゆる青年実業家なるものを見て、富の不平等分割という哲学的命題に関して、深《しん》甚《じん》な思考にふけることができる。なにより喫茶店と違って、金を払わなくても済むのがいい。

一時間ほど待ったろうか。壬生織子がその姿をロビーに現した。シルクのシャツ・ブラウスに、ベージュのスカートという服装だ。美人は何を着ても似合う、という昔ながらの言葉を改めて確認させられた。彼女が登場したとたんに、ロビーの紳士淑女は並《な》べて脇役に回されたようだ。

私はゆっくりと腰をあげた。もう一人の主役の登場だ。いささか役が重すぎるきらいはあるが、そこはなんとか演技力でカバーできるだろう。世に、性格俳優の例がないわけでもない。

が、――私が声をかけるより先に、織子は数人の男たちに取り囲まれてしまったのだ。

いずれも徒食に肥え太った中年男だ。声高に織子を詰問している様子だ。公衆の面前で、激昂した声を張り上げる不作法さだった。

いささか機先を制された感じだった。私は彼らのすぐ傍らに立ち、その話の内容を盗み聴くことに努めた。いかなる場合においても、盗み聴きは無上の楽しみなのである。

男たちは能楽協会の関係者らしかった。能の伝統のうえに趺坐《あぐら》をかき、安穏に生活の糧を得てきた連中だ。彼らに芸を研《みが》くための精進は必要ない。素人に稽古をつければ、結構な収入が保証されるのだ。能の現在の低迷状態を招いたのも、彼らの怠惰が原因だといえる。

彼らは堤と織子の今度の企てによって、その生活を脅《おびや》かされたと感じているらしい。自分たちの怠惰《たいだ》を反省する殊勝さなど薬にするほどもないようだ。ただただヒステリックに喚《わめ》きたてているのだ。雌狐《めぎつね》、はては山師《やまし》などと、聞くに耐えない言葉がポンポンと飛び出してくる。

織子の表情《かお》がしだいに苛立ちを見せ始めていた。数を頼みに喚きちらすような男たちだ。しょせん、理屈の通じる相手ではない。

私の出番が巡ってきたようだ。

「どうも遅くなって済みません……」

私は強引に彼らのなかに割って入った。

「さあ、行きましょうか」

男たちはあっけにとられていた。それ以上にあっけにとられている様子の織子の手をとって、私はさっさとロビーを横切り始めていた。いついかなる場合でも、美人の手を握る機会が巡ってくれば、その好機を見逃がす私ではないのだ。

男たちは毒気を抜かれたようだ。私たちを追ってくる気配は見せなかった。

――私は強引に織子をお茶に誘った。騎士《ナイト》の栄誉というやつだ。とにもかくにも救けられた以上、彼女も私の誘いを断るわけにはいかなかったようだ。近所のフルーツパーラーに入った。時間が時間なので、他に適当な店が見つからなかったのだ。いつもの私なら、飲んだくれの誇りにかけても、足を踏み入れるのを拒否する類の店だ。

雑談の余裕はなかった。私は単刀直入に話をきりだすことにした。つまり、八ミリからとった赤瀬の写真をテーブルに置いたのである。例の、炎に包まれているやつだ。

「ひどい写真ね」

織子は眉をひそめた。

「あまり趣味がよくないわ」

「覚えがありませんか」

「なんのことかしら」

「昨夜、犬を殺しましたね」

「…………」

織子の表情は変わらなかった。女持ちのカルチェを鳴らして、タバコに火を点ける。

専売公社のCMガールの優雅さだ。

「昨夜、私に犬をけしかけた男がいるわ」

織子は煙りをゆっくりと吐きだした。

「なんだか、あなたによく似た男だったわ」

したたかな女がそこに居た。その美しさが圧倒的であるだけに、並の男では到底太刀打ちできない。タオルを投げるにしくはなかった。要するに、私は身分を明かすことに決めたのだ。

「〝H・P・L協会〟の榊英次《さかきえいじ》さん……」

織子は私の名刺を汚物を摘む手つきで取った。

「どんなお仕事なのかしら」

〝H・P・L協会〟は、対外的には一種の国際友好団体ということになっている。カムフラージュに必要な程度には、「国際友好」に関わる仕事をしてきているようだ。が、——織子にそんな嘘は通用しないだろうし、私もまた嘘をつくつもりにはなれなかった。

ある種の賭けだ。私は独自の判断で、〝H・P・L協会〟の正体を織子に明かすことに決めたのである。

「……H・P・Lとは、H・P・ラヴクラフトの略です」

私は織子の眸《め》を正面から見据えていた。

「H・P・ラヴクラフトという人物はご存知ですか」

「アメリカの怪奇作家でしたわね」

織子はすらりと答えてのけた。

「確か、死んだのは一九三七年でしたかしら」

彼女が、ラヴクラフトに関して相当な知識を持っていることは間違いないようだ。察するに、私の名刺を見た時から、H・P・Lがなんの略であるのか感づいていたのではないか。

「ラヴクラフトは偉大な怪奇作家でした。彼は幾つかの優れた作品を残していますが……そのなかに、いわゆる〝クトゥルフ〟ものと呼ばれる一連の作品があります」

私は語学教師の口調になっていた。仕事とは関係なく、私自身もラヴクラフトの怪奇小説に熱中した口なのだ。

「彼の〝クトゥルフ神話〟を要約すると、こんなところですか。……太古の地球上には、人類とは異質な生物、悪神が棲みついていた。善神の活躍によって、これら悪神は一度は地球から追放された。だが、悪神たちは未だに地球を虎視眈眈《こしたんたん》と狙っている……」

「失礼ですけど……」

織子はわざとらしく時計に眼を落とした。

「約束がありますの。文学談はまた別の機会にお願いできないかしら」

お願いできなかった。〝H・P・L協会〟の性質をその片鱗でも明かした以上、話は最後まで終える必要があった。私は織子にかまわず、言葉をつづけた。

「もちろん、H・P・ラヴクラフトは小説家らしい想像力で、悪神なる神話を構築しただけでした。なんなら荒唐無稽《こうとうむけい》な夢物語と片付けてもいい。しかし、夢物語でも一点の真実を含むことがある。

この地球上に強力無比な、しかし人類とまったく異なる生物が存在するのです。総ての民族が共通して妖怪談を持っていることは、そのひとつの傍証になるでしょう。奴らは人類の存続を危うくするような力を備えている。そして、この地上に現出する機会を窺《うかが》っているのです……」

「子供が喜びそうな話だわ」

織子は揶揄《やゆ》するような口調で言った。

「それで、あなたたち〝H・P・L協会〟は〝クトゥルフ〟を倒すために働いているわけなのね」

「そうじゃない」と、私は首を振った。

「〝クトゥルフ〟はまだ地上に現れていない。現れていれば、人類は滅亡の危機に瀕《ひん》しているはずだ。我々の仕事は、〝クトゥルフ〟を地上に招《よ》び出そうとする人間を殺すことにある。

〝クトゥルフ〟を招びだそうとする人間は後を絶たない。おそらく、招びだそうと意志することで、その人間は宙《ちゅう》から炎をとりだしたり、猛犬をバラバラにする類いの特殊能力を与えられるからだろう」

私は決して勇気のある男ではない。その言葉を口にした時、足が震えるのを感じた。今この瞬間に、私の軀から炎が噴出してもなんの不思議もないのだ。

「あなたの話を信じるとして……」

織子はひどく含みのある表現を使った。

「人間が〝クトゥルフ〟を招び出そうとするのには、特殊な能力を与えられる以外に何か理由《わけ》があるのじゃないかしら。もしかしたら、〝クトゥルフ〟は悪神とはまったく逆の存在かもしれなくてよ。

ラヴクラフトは小説家にありがちな超感覚で、〝クトゥルフ〟の存在を薄々感づいていたのかもしれない。コリン・ウィルソンがラヴクラフトをどう評したかご存知？『骨の髄からの病的な男』よ。そんな病的な男だったとしたら、なにか〝クトゥルフ〟に類する存在に気がついたとしても、ただただ悪魔的なものとしか受けとめられなかったとしても不思議はないわね……」

「………」

私はそれ以上に織子の言葉を聞いていることに耐えられそうになかった。――実は、私たち〝H・P・L協会〟の工作員は、なぜ〝クトゥルフ〟を招び出そうとする人間が後を絶たないのか、その確固たる理由を承知しているのである。その理由の持つ正当性が、私たち工作員を並べて廃人にするほど苦しめているのだった。

私は席を立ちながら、捨て台詞のように言った。

「場合によっては、我々は〝クトゥルフ〟を招び出そうとする人間だけではなく、その関係者を狙うこともあります。記憶しておいてください……」

卑劣漢と責められても、私には返す言葉がない。私は暗に、織子の恋人である堤も標的《ターゲット》たりうることを仄《ほの》めかしたのだ。織子のほうからこちらに接触してくることを計算しての言葉であった。名刺には、私のアパートの電話番号が刷られている。

織子は私がテーブルから離れても、身じろぎひとつしなかった。その全身から、眩暈《めまい》を覚えるほどの敵意が放射されていた。

フルーツパーラーを出るまで、私は身の安全を確信できないでいた。

5

――夜になった。

私はアパートの自分の部屋で、水割りをすすっていた。塩をつまみにするというわびしさだ。男の一人暮らしでは、他に無聊《ぶりょう》をまぎらわす手段を知らなかった。いつもの夜なら、近くのスナックにでも出掛けるのだが、織子からの連絡を待っている状態では、部屋を留守にするわけにはいかなかった。

生《き》のウイスキーが恋しかった。思う存分に喉を灼《や》きたかった。織子と会うのに泥酔しているわけにはいかないという事情がなかったら、私はすぐにも水差しを脇に押しやっていたろう。

どこからか季節外れのウクレレの音が聞こえていた。今年の夏は短かった。

――ふいに予兆のようなものを感じた。心臓が縮む緊迫感だ。原始の本能がいち早く異常を感じとったのだ。

ぐわーっと部屋が唸った。薄紙の頼りなさで、床がうねった。窓ガラスの割れる鋭い音が聞こえてきた。

雑誌から、机にいたるまでが宙に乱舞した。ベッドが横転する凄まじさだ。照明がちりちりと鳴り、めまぐるしく点滅を繰り返した。

騒霊現象《ポルターガイスト》だ。

突風が吹き抜けるのに似ていた。息すら満足につけなかった。床を這うのが精いっぱいだった。

その騒ぎのなかを、電話がたかく鳴り響いた。制覇者の威力を秘めていた。電話が鳴ると同時に、騒霊現象はピタリと止んだのだ。

書類が一枚、未練な蝶のようにヒラヒラと舞っていた。

激しく喘《あえ》ぎながら、私は受話器を手に取った。

「壬生織子です」

低い声が聞こえてきた。

「これから、ホテルにいらしてくれない」

これほど派手な招待状を受け取ったのだ。私に、彼女の誘いを断る理由はまったくなかった。

——女が独りで暮らしているホテルに深夜訪れる、という艶《なま》めかしさからはおよそ縁遠い気持ちだった。

実際、自分の部屋を出る時、再びこの部屋に戻ってくることができるかどうか疑わざるを得なかった。

自動車を走らせている間も、赤瀬とドーベルマンの死に様が、終始頭から離れようとしなかった。生命保険をかけておくべきだったかもしれないが、いずれ私には保険金を受け取ってくれる人間が思いつかなかった。

ホテルに着いた時には、夜の一時を過ぎていた。

壬生織子の部屋は八階にある。外国の閣僚クラスが使用する部屋だ。今更ながらに、彼女の財力を思い知らされる気がした。

チャイムに応えて、織子がドアから顔を覗かせた。黒い部屋着が、ギクリとするほど魅惑的だった。

「仕事熱心なのね」

織子が嘲った。

「即時参上というわけね」

私が仕事熱心なわけはないが、しかし時間を選んでいてできる仕事ではなかった。一晩眠れば、彼女の許を訪れる勇気が失せてしまうかもしれない。私は織子の揶揄《やゆ》に、そう答えた。

「私が食べてしまうとでも考えているのね」

織子は白い喉を見せて笑った。艶《つや》やかに輝いている乳房が半分だけ見えた。男の欲望に挑戦しているような乳房だ。

残念ながら、私はその挑戦に応じる気にはまったくなれなかった。私はすれっからしの中年男なのだ。

「我々は決して殺人を好んでいるわけではない……」

私は椅子に腰を落ち着けた。

「〝クトゥルフ〟を招び出すことを自発的にやめてくれれば、それが最も望ましい形なんだ」

「あら、まだその御伽話《おとぎばなし》をつづけるつもりなの」

「御伽話で、人が焼死したり、犬がバラバラになったりはしないよ」

「殺伐とした話がお好きなようね」

「殺伐としていても、話だけで片が付けばそれに越したことはないじゃないか」

事実、私は織子を説得するつもりでこの部屋を訪れたのだ。織子が〝クトゥルフ〟に関係していることは間違いなかった。織子がなんらかの方法で、〝クトゥルフ〟を地上に招び出そうとしていることにも確信があった。私の勘は、これでなかなか鋭いのだ……だからといって、織子を殺す気持ちにはなれなかった。蠱惑の塊のような彼女の軀を地上から消し去ることは、男として忍び難いものがあった。

「なにかお飲みになる？」

織子は椅子から立ち上がった。ルーム・サービスの必要はない。部屋の隅に、小さなバーが設《しつ》らえてあるという豪華さなのだ。

「ウイスキーを」

この時ばかりは、私はアルコールに注意を集中できなかった。部屋着の裾から覗いた織子の太腿が、私の網膜に焼きついていた。すれっからしの中年男という自負も、どうやら怪しくなったようだ。不惑の齢までには、まだ間があるのだ。

私は渡されたウイスキーを一気に喉に流しこんだ。グラスの底ごしに、織子がサラリと部屋着を脱ぎ捨てるのが見えた。まったくの全裸だ。

我ながら、酒飲みは意地汚いとつくづく想う。私は織子の行為に驚きはしたが、むせてウイスキーをこぼすような真似はしなかったからだ。アル中にとって、ウイスキーの一滴は真珠の一粒に価する。

私はただアングリと口を開いていたのだ。

織子の裸身はぬめぬめと輝いていた。その翳《かげ》りが余すところなく見えた。一点の曇りもなく、完璧に整った裸身だった。男が終生夢に見ずにはいられない女神像だった。

織子が私の眼に裸身をさらけだしたのは、ほんの数秒のことだった。

「失礼して、シャワーをあびさせて貰うわ」

その言葉を残して、織子の姿は浴室に消えたのだ。

織子の行為が挑発を目的としたものであることは明らかだった。遺憾ながら、その挑発が功を奏したことも明らかなようだ。これだから、男という生き物は信用できないのだ。

私はただ下腹部以外には自分の存在を感じなくなっていた。圧倒的な欲望だ。その灼熱感は、ほとんど苦痛に似ていた。

媚薬《びやく》に類する薬を盛られていたことには気がついていた。が、だからといって、この滾《たぎ》るような欲望がいささかでも損なわれるものではない。理性はすでにその存在の意味をなくしていた。

私は呻いた。まったくの色情狂だ。ズボンの腿に、両の手の指がくいこんでいた。

シャワーの水音に混じって、織子のしゃがれたような声音が聞こえてきた。

「ねえ、その御伽話だけど……本当は、とても興味があるの」

ここで、私は快哉《かいさい》を叫ぶべきだったかもしれない。織子が、自分と〝クトゥルフ〟との関わりを明言したのも同然だったからだ。——が、私はおよそ勝利を喜ぶ気持ちとは縁遠かった。性的興奮がその極に達していたからだ。なかば拷問に等しかった。

織子は言葉をつづけた。鼻歌混じりの気楽さだ。

「でも、こうは考えたことない？　人間が存続するためには、強い抑圧が必要だったと……大都市は歪《ゆが》められた闘争本能の博物館のようなものだわ。動物が生来持っている良きもの、足ることを知る本能を、人間はまったく失っているわ。人間は動物として完全な奇形なのよ……。

宗教なんかもそうね。どの宗教も、人間から動物としての瑞々しい感覚を奪うことに汲々としてきたわ。人類という種が存続するためには、人間という個体が干からびる必要があったのよ……ユダヤ・キリスト教なんてその最たるものだわ。感覚的、イメージ的なものは一切偶像視して、否定するんですものね。ごりごりのリゴリズムということに関しては、プロテスタンティズムのほうが上かもしれないけど……。

とにかく、人間というのはどこか奇形で、怪物じみた存在なんだわ」

すでに織子の言葉は、女の声という以上の何も意味しなくなっていた。一言半句も理解できなかった。圧倒的な欲望が、私をただ一個の雄にと変えていたのだ。

私はゆらりと椅子から立ち上がった。織子を抱くこと以外、何も考えられなくなっていた。下腹部が溶鉄の熱さで滾《たぎ》っていた。浴室までの距離が、無限の道のりに思えた。

織子はなおも言葉をつづけている。

「……私はあれを、あなたたちが〝クトゥルフ〟と呼んでいるものを、ローマで目撃したのよ。ほとんど天啓に似ていたわ。本当にちらりとこの世に現われただけなんだけど……私は人間が奇形であることを完璧に覚《さと》ることができたわ。〝クトゥルフ〟をこの世に解放することが、私に与えられた使命だと覚ったのよ。だから……」

私は浴室のドアを押し開いた。

シャワーの湯気のなかに、織子の白い裸身が漂っていた。妖魚の美しさを秘めていた。私の渇《かつ》えを癒してくれる力を備えていた。

私は猿臂《えんび》を伸ばし、織子の裸身を抱き寄せた。織子は私が罠に落ちるのを待ち構えていたようだ。私の舌は織子に吸いあげられていた。

私は呻いた。悪魔的な愉悦といえた。滾りに滾っていたものが、今この瞬間に放たれようとしているのだ。

私は浴室の床に膝をつき、織子の下肢に顔を埋めた。醜態《しゅうたい》というべきだったが、すでに私にはどんな理性も残されていなかった。

頭上から、織子の狂ったような笑い声が聞こえてきた。魔女の勝ちどきを連想させた。

6

――激しい母胎回帰願望が働いていたようだ。自閉症の最たるものといえる。性交の窮《きわ》むる果てだ。外界に対する関心を一切失ってしまうのだ。

外観からは、栄養注射だけでかろうじて生きている植物人間となんら変わるところがなかったろう。生きようとする積極的な意志を欠いているのだ。幻想の母胎のなかで惰眠をむさぼることに、ただただ満足しきっていた。

実に、巧妙な殺人といえる。文字どおり、女体の罠だ。たとえ栄養注射で生きながらえても、実情は死人と変わりない。ベッドの上で干からびていくだけの余生なのだ。

私はもうこの世に戻ってくることはなかったはずなのだが……。

——鈴音が繰り返し聞こえてくる。

耳許でシンバルを鳴らされるのに等しかった。鈴の響きは強い衝撃を伴っていた。脳髄が痺れるようだ。白濁していた意識に楔《くさび》を打ち込まれる苦痛だった。

産みの苦痛に似ていた。自分自身を産む苦しみだ。

鈴音の救けがあったにしても、幻想の母胎から自分を解き放つのは容易な仕事ではなかった。半覚醒状態を長くさまよう結果となったようだ。

そして唐突に、まったく唐突に、眼が醒めた……。

「気がついたようだな」

和尚の声が聞こえてきた。澄んだ響きを最後に、鈴の音は止んでいた。

私はブランケットをはねのけて、ベッドの上に坐った。躯が寝汗で濡れ雑巾のようになっていた。肩筋に微かな痛みを感じた。

「…………」

私は呆然と部屋を見回した。〝H・P・L協会〟の一室で、俗に作戦室と呼ばれている部屋だ。テレタイプやコンピューターが並べられている殺風景さは、織子の豪奢《ごうしゃ》な部屋とは比べうべくもない。

記憶が短絡していた。織子とベッドにもつれ込んだまでしか憶えていないのだ。織子が突然に和尚に変貌した驚きだ。これ以上の悪夢は考えられない。

「どうしたんですか……」

私はぼんやりと呟いた。

「三日間、眠りつづけじゃったよ」

和尚は皮肉な笑いを浮かべていた。

「軀をこう、胎児のように曲げてな。なんでもほとんど裸同然の姿で、公園で寝ころがっていたそうな……」

和尚はその手に五鈷鈴《ごこれい》を持っていた。天台密教の行に用いる鈴だ。確かに、ブルーのストライプの背広に、赤のスカーフというその服装からは、和尚を密教の大阿闍梨とは考え難いかもしれない。養老院のプレイボーイという印象だ。が、――和尚が巨木を裂く念力の持ち主であることは紛れもない事実なのである。

「さすがに和尚ですな」

私は掌で顔をこすり上げた。

「あの女の超常能力はなまなかなものじゃない。和尚が行をしてくれなければ、俺は死ぬまで眠りつづけるところだった……」

「超常能力もそうだが、あの女は色仕掛けにかけてもかなりの凄腕のようじゃな」

和尚はいつもの生臭坊主の表情になった。

「だらしがないじゃないか。そろそろ分別盛りの齢だというのに……」

恥部を覗《のぞ》かれたに等しい。なんとも弁解のしようがなかった。

「別の盛りがついたようですな」

私は苦笑に紛らすしかなかった。

「ところで、織子はどうなりました？」

「どうもならんよ。昨日、アテネに出発しおった」

「……………」

色情の罪というやつだ。私のような男にとって、任務の失敗はなにより手痛い罰といえた。

青木が部屋に入ってきた。緊張した面持ちだ。いささか、その緊張が度を越しているように思えた。危険を孕《はら》んだ、神経症患者の緊張だ。

「やあ、気がつきましたね」

青木の声もまた不安定な響きを帯びていた。

私は青木から和尚に視線を移した。和尚は平然としている。明らかに青木の精神失調に気がついていながら、知らぬ表情を決め込んでいるのだ。

私は和尚の真意を疑わないわけにはいかなかった。今の青木はおよそ仕事ができるような状態ではないはずなのだが……。

「堤兼資は壬生織子に乗せられているだけのようです」

青木が口早に言った。

「計画は壬生織子ひとりでたてたらしいですね」

「計画？」

私の頭脳は軋みながらも、どうにか回転を始めたようだ。

「どんな計画なんだ？」

「世界中の〝クトゥルフ〟を一斉に招び出す計画じゃよ」

和尚が言った。

「…………」

私はとっさには和尚の言葉を理解できなかった。

「壬生織子が堤兼資に舞わせようとしているのはバテレン能なんかではない」

和尚は凄いほどの無表情になっていた。

「〝クトゥルフ〟を招び出すための、ある種の悪魔招びの舞いなんじゃよ。堤兼資はあくまでもバテレン能と信じているようじゃが……パルテノン神殿での奉納式は、衛星中継で世界のテレビに映し出される。いいか、あの壬生織子とかいう女性は、人工衛星とテレビを介して世界の〝クトゥルフ〟を招び出そうと考えているんだ」

「…………」

愕然としたというだけでは言葉が足りない。テレビを利用しての悪魔招び――これほどに非現実的で、グロテスクな話もないのではなかろうか。悪い冗談に似ていた。

「それじゃ、殺すべきは壬生織子じゃない」

私はなかば放心状態で呟いた。

「彼女を殺しても奉納式は行われる。殺すべきは……」

「堤兼資だ」

和尚が断じた。

「何も知らんのに気の毒だが……あの男を殺さぬ限り、奉納式はとりやめにはならん」

〝H・P・L協会〟が何の咎《とが》もない人間を殺すのはこれが初めてではない。だが、堤兼資を殺すのには、これまでにない困難が予想された。

「堤兼資の所在が不明なんじゃよ」

と、和尚は言う。

「アテネに発《た》ったまではわかっているが、その後の消息が不明だ。まったくの雲隠れじゃな……」

アテネ在住の〝H・P・L協会〟員が懸命に探索をつづけているが、おそらくは、奉納式の晩までに彼の居所をつきとめることはできないだろう。要するに、我々に彼を殺すチャンスがあるとしたら、唯一、奉納式の最中しかないということになりそうだ。

が、――ローマ教皇の出席まで予定されている奉納式に、どんな武器を持ち込めるはずもなかった。暗殺《ヒット》を強行すれば、〝H・P・L協会〟はテロ集団の印象を世界に与える危険があった。

〝H・P・L協会〟は強大な組織だが、いかなる組織も世界を敵に回せるほど強大なわけがない。ナチスでさえ潰《つい》えることになったのである。

「堤兼資を殺すためには、〝H・P・L協会〟の組織力と経済力をフルに動かす必要があるだろう……」

和尚からいわゆる暗殺作戦の詳細を聞かされた時、私は自分の耳を疑うような思いだった。史上空前の、そしておそらくは絶後の、暗殺作戦といえた。病みあがりの身には、いささか壮大に過ぎて、気の遠くなるような話だった。

和尚はポケットから銀の弾丸を取り出した。説明するまでもなく、銀の弾丸は人狼をしとめるためには欠かせないものだと、古くから西欧では語り伝えられている。わが〝H・P・L協会〟においては、銀の弾丸は暗殺命令を象徴しているのである。

私は無言で銀の弾丸を受け取った。

「きみたちにもアテネへ行って貰いたい」

締めくくりのように和尚は言った。

「暗殺はできるだけ同国人の手で、というのがわが〝H・P・L協会〟の規則じゃからの」

――私と青木がアテネへ発《た》ったのは、その翌日のことだった。

7

――私と青木は、エルム通りのレストランで食事をとっていた。レストランから見るアテネの街は、いつになく賑わっているようだった。

パルテノン神殿での能の奉納式は今晩なのである。すでに、ローマ教皇の到着も報道されている。お祭り好きのアテネ市民がなんとなく浮かれているのも、無理ない話ではあったろう。

もっぱら私一人がギリシア料理をぱくついていた。オリーブ油を大量に使ったギリシア料理は、日本人の嗜好《しこう》にあうものではないが、それにしても青木の食欲のなさには頷けないものがあった。まさか料理店《タベルナ》というギリシア語に殉じたわけでもあるまい。

「どうした？」

私は青木に声をかけた。

「少しも食べていないじゃないか」

「ぼくは死刑囚最後の食事というのが好きじゃないんですよ」

青木は疲れた微笑を浮かべた。

「なんとなく、センチメンタルに過ぎるように感じるんですな」

不吉な言葉だった。少なくとも、大仕事の前に口にすべき言葉ではない。だが、麻薬中毒患者を相手に、その言葉を咎《とが》めてみても始まらなかった……この仕事が済んだら、なんとしてでも青木を〝H・P・L協会〟から引退させるつもりだった。場合によっては、和尚と真っ向から対立するのも、辞さない気でいた。

これ以上に、ひとりの青年が荒廃していくのを見るのは耐え難かった。

私はサンタ・ヘレナと呼ばれる白ワインで、口のなかの油を洗い流した。私の食欲に限りはないが、時間に限りがあった。

「行こうか」

私は勢いよく椅子から立ち上がった。

「ええ……」

青木もゆっくりと立ち上がった。


——当夜のアクロポリスの丘の入場には、〝H・P・L協会〟のアテネ駐在員が奔走《ほんそう》してくれた。私にしても青木にしても、世界の名士という柄ではないから、駐在員の入場資格を取り付ける苦労は並大抵なものではなかったろう。期日が限られていることも、その苦労に輪をかけたに違いない。

駐在員の苦労に応えるべく、私と青木は黒のタキシードに身を固めていた。かなうかぎり東洋の貴公子然と見えるよう努めたわけだ。——残念ながら、私たちの希望はむなしかったようだ。お互いに、キャバレーのマネージャー程度にしか見えなかったのである。要するに、品格の問題ということだろう。

……私たちがアクロポリスの丘に到着した時、すでに時刻は夜の八時を回っていた。堤兼資の舞いまでには、後一時間ほどを余すのみだった。

アクロポリスの丘はかつてないほどの光輝を放っていた。随所に据えられた強烈な照明が、アクロポリスの丘を夜闇から浮かび上がらせているのだ。まさしく夢の光景を連想させた。

お祭り騒ぎというだけでは言葉が十分ではない。集団《マス》ヒステリーの様相を呈していた。アテネ市民がことごとくはせ参じたかと疑われるほどだ。アクロポリスの丘に入ることを許されない彼ら市民は、ギッシリと丘裾《おかすそ》を埋めつくしていた。

空にはヘリコプターが飛び、地上ではテレビ局の中継車が随所に見られた。世界のジャーナリストが一堂に会した観があった。

私は今更ながらに、織子のプロモーターとしての腕に敬意を表さないわけにはいかなかった。

むろん、東洋の貴公子といえども、ガードマンのボディ・チェックから逃がれることはできなかった。ボディ・チェックは徹底を極めていた。身に寸鉄を帯びるのさえ許されないほどのきびしさだ。ある意味では、ローマ教皇は欧州人にとって、最高の毒であるのかもしれない。

アテネの〝H・P・L協会〟の駐在員は、かなりに有能な人物のようだ。私たちは、パルテノン神殿の周囲に設えた座席の三列めに陣取ることができたのである。ローマ教皇の表情を見てとることの可能な位置だ。

すでにプログラムが始まっていた。ハリウッドの某有名スターが司会をつとめている。パルテノン神殿に立つスターの姿は、周囲からのスポット・ライトを浴びて五彩に輝いて見えた。

プログラムの進行は、ほとんど私の頭には入っていなかった。いかなビッグ・ショーといえども、これから仕事を控えた殺人者を楽しませるのは不可能な業《わざ》だ。私は、ローマ教皇入場の際の盛大な拍手をわずかに意識しただけだった。

ローマ教皇の特別席は、私たちの席から二十メートルとは離れていないようだ。

青木の緊張ぶりは、私の比ではなかった。いまにも失神するのではないかと思わせるほどだ。額に脂汗がぬめぬめと光っていた。

実は、私たちのすべきことはもう何も残っていない。総ての下準備を終え、その結果を自分の眼で確かめるだけでいいのだ。吉と出るにせよ凶と出るにせよ、いずれ私たちには結果をこれからどう変えることもできないのである。——またそうでなければ、こんな状態の青木を同行させるのを、私が認めるはずはなかった。

神経を鑢《やすり》にかけられるような時間がつづいた。胃が痛くなる試練だ。延々と語られるアテネ市長の祝辞の時などは、衝動的に叫びだしたくなったほどだ。殺人者にとって、殺人の瞬間を待つ時間は、拷問《ごうもん》を受けるに等しく耐え難いのだ。

ふいにパルテノンの神殿を包む照明の色が変わった。深海の蒼だ。それまでいくらかざわめき始めていた観客が、電雷に打たれたように静まり返った。

「始まる……」

青木がかすれた声で呟いた。

地謡《じうたい》の斉唱《せいしょう》が低く流れだした。囃子《はやし》の音が聞こえてくる。

謡曲とパルテノン神殿との組み合わせは、いかにも異様な印象だった。その瞬間から、パルテノンの神殿は地獄の門と化したようだった。西洋と東洋の融合という歌い文句に相応《ふさわ》しくなく、ひどく陰々滅々としているのだ。

照明の蒼が微妙に色相を変えた。シテたる堤兼資の登場だ。シテは神殿の基段で凝《じ》っと佇《た》っている。情念の凝縮をヒシヒシと感じさせ、つづく舞いの爆発的たることを予感させる姿体だった。

観客は寂《せき》としている。地謡と囃子が互いに追いすがるように激しくなっていく。

シテが第一歩を踏み出した。世界の〝クトゥルフ〟を招び出し、人類を破滅の淵に追いやるその最初の一歩だ。

私は空に眼をやった。強烈な照明に遮られて、私の眼は星の一つだに捉えることができなかった。が、――遥《はる》けき宇宙空間の一点では、軍事衛星がゆっくりと自転を始めているはずだった。そのレーザー砲の焦点を、ピタリとパルテノンの神殿に据えているはずだった。

我々〝H・P・L協会〟は、軍事衛星のレーザー砲で堤兼資をしとめようと考えているのだ。

突拍子もない話に思えるかもしれない。が、――すでにジョンソン大統領の時代に、スパイ衛星の測視レーダー系は、木の葉三枚の厚みまで探知できる能力を備えていたのだ。スパイ衛星、軍事衛星の発達の足の早さは、とうてい火星探査機ごときに及ぶものではない。軍事衛星のレーザー砲は命中誤差三十センチ以下の精度を誇っているのだ。

私と青木の仕事は、舞いの途中の堤兼資のパルテノン神殿での位置を、できるだけ正確に測定し、そのデータを送ることにあったのだった。

決して、敵の通信衛星に対するに、軍事衛星を持ちだそうなどと考えたわけではない。一切の武器の持ち込みを禁じられ、しかもローマ教皇を始めとする世界の名士たちに累を及ぼさない暗殺となると、これ以外に方法は考えられなかったのである。

少し考えれば、その成功率の高さは、とても狙撃などの比ではないことがわかるだろう。しかもどんなに優秀な検死官でも、その死因には首をひねらざるを得ない。軍事衛星のレーザー砲がただ一人の男を殺すために発射されたなど、およそ誰にも思いつかないことだからだ。

ある意味では、世界的な陰謀といえる。〝H・P・L協会〟が、ユダヤ人の大資本家、NASAの軍人などに多くの同調者を擁しているからこそできることだろう。私は、〝H・P・L協会〟は実に強大な組織だと言いはしなかったか。

すでにシテは中央の柱身にまで身を移していた。その足の一踏み、手の一振りに、浄化されぬ情念がゆらめき燃えている。地謡が御詠歌《ごえいか》めいた寂しさで伝わってくる。

——今だ。

私は頭のなかで大声で喚いていた。今をおいて、堤兼資を殺すときはない。もう世界に散らばる〝クトゥルフ〟は眠りから醒め、身動きしているかもしれないではないか。

ふいに暗闇が膨張《ぼうちょう》したように思えた。高圧電流に貫かれるのに似ている。その瞬間、確かに何か強烈なものが、空とパルテノン神殿を結んだ。

おそらく、事情を知っている私たちにしか感じられなかったろう。レーザーはコミックの殺人光線ではない。この煌々《こうこう》たる照明のなかでは、誰の眼にも捉えることは不可能だったに違いない。

「やった……」

私は思わず眩いていた。

が――三条《みすじ》のレーザーは、堤の躯を毛ほども傷つけることができなかったのである。

私は眼を瞠《みは》った。ありうべからざることに、堤はなおも舞いつづけているのだ。

恐るべき、没我の力だ。堤はそうと意識しないまま、レーザーを避《よ》けたのに違いない。

人間にかなうことではなかった。芸能の鬼神が彼の躯に憑依《ひょうい》したとしか思えなかった。芸能の力が、最新の科学兵器にうち勝ったのである。

私は絶望の呻き声をあげていた。

破局は一瞬のうちに起こった。

青木がふいに座席を立ち、ローマ教皇に向かって走りだしたのだ。狂気の喚き声をあげていた。耐えに耐えていたものが、ついにプツリと切れたのである。

あまりに突然のことで、ガードマンたちは数瞬手をこまねいていたようだ。その機に乗じて、青木は特別席に駆け登り、狼狽《うろ》たえきったローマ教皇の手から法杖をもぎとった。

形としては、法杖というよりむしろ巨大な鍵に似ている。黄金が惜しみなく使われた、非常に重い杖なのだ。教皇戴冠《たいかん》と同じく、ローマ教皇の一種のシンボルとなっている。

青木は踵《きびす》を返した。法杖を両手で頭上に振りかざし、堤兼資に向かって一直線に走っていく。狂気の絶叫をなお止めようとはしない。

レーザーを避けることのできた堤にも、青木のこの無謀な襲撃には為すすべを知らなかったようだ。振りおろされた法杖に、堤の脳漿《のうしょう》が砕け散るのを、私は確かにこの眼で見た。

ガードマンたちが拳銃をつるべ撃ちに撃った。数十発を被弾した青木の軀は、紙人形の軽さで宙に舞い、地に跳ねた。

射撃が止んだ時、青木の軀は赤い肉塊と化していた。

観衆の混乱はその極みに達していた。収拾のつかない集団ヒステリーだ。

その滾るような騒ぎのなかで、私ひとり奇妙に冷たい空間のなかに佇っていた。

今になって、和尚がなぜ青木をこの作戦に参加させたのか、その理由《わけ》をようやく思い知ったのである。

青木は作戦が失敗した時のための、いわば保険のような存在だったのだ。青木の病んだ神経が作戦の失敗に耐えられないことを、和尚はなかば見越していたに違いない。こうなることを予期していたのだ。

青木の麻薬癖はかえって好都合だ。誰もが青木の行為を、麻薬に狂った結果と考えるだろうからである。

すさまじいほどの冷血ぶりだが、和尚に対する憎悪はふしぎなくらい湧いてこなかった。地の底に沈み込んでいくような、むなしい虚脱感を覚えるだけだった。

私の他にもう一人、虚脱感に蝕まれている人間が居るようだ。

叫び、喚く観客のなかに、呆然と立ちすくんでいる壬生織子の姿が見えた。その表情がまったくの能面と化していた。視線を堤の死骸に固定させたまま、いささかも動こうとはしなかった。

私もまた堤の死骸に視線を移した。死骸の傍らに、血に汚れた法杖が落ちていた。考えようによっては、ローマ教皇の法力が、〝クトゥルフ〟の出現を阻止したともいえる。

だが……一体どちらが神で、どちらが悪魔だったのか。

8

——私はアテナス通りの、壬生織子の投宿しているホテルを訪れないわけにはいかなかった。

物事には総て、それなりの終わり方というものがある。今度の件を、堤と青木の死で終わらせるのは耐えがたかった。責を負うべきは、私であり、織子であるのだ。幕を引くためには、少なくともどちらか一方が死ぬ必要があるように思えた。織子の持つ超常能力を考えれば、どちらが死ぬことになるのか明白ではあったが……。

私はなかば死を望んでいたのかもしれない。〝H・P・L協会〟の仕事に強く嫌悪の念を覚えていたのかもしれない。織子の手にかかるなら、むしろ本望というべきだった。

が、――私はまたしても織子に出し抜かれることになったのだ。彼女の部屋に足を踏み入れた私を待っていたのは、ベッドに横たわる織子の死体だったのである。

サイドテーブルに置かれた小瓶を見れば、その死が自殺によるものであることは明らかだった。どうやら、織子は本気で堤を愛していたようだ。

私はまったくの無感動状態にあった。織子の死を見ても、どんな感慨も浮かんではこなかった。病的な感情枯渇だ。精神分裂症に顕著な無関心さが伴っていた。

「織子も死んだのか……」

私はボソリとそう呟《つぶや》くと、部屋を出ようとした。そして……そいつに気がついたのだ。

〝クトゥルフ〟だ。

織子の死を悼《いた》むため、〝クトゥルフ〟がこの世につかの間、姿を見せたのだ。

私はボンヤリと〝クトゥルフ〟を眺めていた。

〝クトゥルフ〟の形を見ることはできない。無定形な存在なのだ。ある種の霊気に似ている。存在を知覚はできても、人間の網膜には像を結ばないのである。

が、〝クトゥルフ〟がこの上もなく、美しく、純粋な存在であることだけは感じられた。織子の死を悼む気持ちが、清冽《せいれつ》な流れのようににじかにこちらの胸に伝わってくる。

〝クトゥルフ〟を前にすると、荒らいだ人間の気持ちは安らぎ、憩《いこ》わずにはいられないのだ。

そうなのだ。〝クトゥルフ〟こそ、あらゆる民族が共通して持つ、天使、あるいは天女の具現に他ならないのだ。

人類に与えられていたもう一つの進化の可能性ともいえる。人類をここまで導いてきたのは、その飽くことのない闘争本能、殺戮本能だった。弱肉強食だ。だが……人類には、〝クトゥルフ〟に代表される、もう一つの進化の可能性もあったのだ。超精神的な生命体である。総てを許し、総てを理解しあえる生命体……。

〝クトゥルフ〟とは、人類に圧殺された進化の可能性、人類が達しえたかもしれない〝天使〟なのである。

なぜ世界中の資本家、軍人たちが〝H・P・L協会〟の後ろ盾となってくれるかは考えるまでもないだろう。人類が闘争本能、その満足することのない競争心を失くしてしまえば、資本家、軍人の存在理由は消えてしまう。〝クトゥルフ〟が勢力を得ることは、彼らの没落を意味しているのだ。

〝H・P・L協会〟の工作員は、全員がこの間の事情を知りつくしている。そのことが、私をアル中に、青木を麻薬中毒に、いや、総ての工作員を破滅に追いやる原因となっているのだ。

私たちに正義はない。ラヴクラフトの〝クトゥルフ神話〟を譬《たとえ》に使わせて貰えば、地球から追放されたのは悪神ではない。悪神が勝ち、善神が追放されたのである。私たちは悪神の代理人、善神の侵入を阻止する哨戒兵《しょうかいへい》なのだ……。

気がついてみると、〝クトゥルフ〟の気配は部屋から消えていた。視線で織子に最後の別れを告げると、私はふらつきながら部屋を離れた。

今夜から、また酒浸《びた》りの日々が始まるのだ。

——だが、私は知っていた。私は決して〝クトゥルフ〟との戦いから身を引こうとはしないだろう。

〝H・P・L協会〟は私の職場なのだから……。

おどり喰い

1

終戦の年、十月に親戚を頼って上京し、それ以来、四十九年もの長きにわたって、ただの一度として郷里に戻ることはなかった。

そのことを人に話すときには、帰郷したところで戻るべき家がない、会うべき人もいない、と説明することにしている。べつだん嘘というわけではない。

昭和二十年六月五日——

B29・三百五十機の編隊による空襲で、神戸の街は甚大《じんだい》な被害を受け、わが実家も全焼、勤労動員で製鋼所に通っていた自分を除いて、家族ことごとく焼死した。

一人残された自分の悲しみたるや、筆舌につくしがたいほどで、帰郷すれば、その悲哀の念はなおさらに募るばかりであったにちがいない。だから帰郷しなかった……と言ってしまえば、それはそのとおりで、これは掛け値なしに本当であるのだが、じつはそれ以外にも帰郷しなかった、いや、できなかった理由がある。

それがどんな理由であったかは、これまで胸の奥底に深く秘して、誰にも打ちあけることはなかったのだが、ある事情の変化から、いまこそ、そのことを記録に残しておくべきではないか、と考えるにいたった。

何がどう事情が変わったのか、については、これから、おいおい述べることにして、まずは、どうして自分が四十九年もの長きにわたって帰郷しなかったか、できなかったのか、そのことを説明するのから始めなければならないだろう。

思えば、私がそれを説明する気になったのは、昨日の午後、病院から帰宅し、十歳になる孫にせがまれ、近所のビデオ屋までアニメを借りるのに同行したからである。

孫にはお目当てのアニメがあって、それが戦争中、Ｂ29の神戸空襲を題材にしたものと聞かされたときには、

——ホウ、そんな話がアニメになるのか。

と物珍しく思うにとどまったが、その題名を聞いて、瞬時に顔がこわばるのを覚えた。

小樽の墓！

なに、落ち着いて聞いてみれば、それは「火垂《ほた》るの墓」であって、これまで読んだことこそないが、それが著名な小説家、野坂昭如氏の代表作だ、というぐらいの知識はある。要するに、その小説を原作にしたアニメということなのだろう。

が、多分、そのときの私は、なにか他のことに気をとられていて、心ここにあらず、といったふうであったらしい。孫の話を上《うわ》の空に聞いていたために、それを「小樽の墓」、あるいは「穂垂れの墓」と聞き取ってしまったのにちがいない。

それを聞いて私のなかで何かが敏感に反応したようである。なにか戦慄《せんりつ》するものがあったと言っていい

かもしれない。

「何だって、『小樽の墓』だって」

と尋ねた私の声は年甲斐《としがい》もなくうわずっていた。多分、そのときの私の顔は青ざめていたことだろう。

「『小樽の墓』じゃないよ。『火垂るの墓』――」

孫に呆れたようにそう訂正され、ああ、そうか、「火垂るの墓」か、と頷《うなず》いて納得したのだが、もとより、そんなことでその動悸《どうき》のおさまろうはずはない。一度、『小樽の墓』、あるいは『穂垂れの墓』と聞いて、心が千々《ちぢ》に乱れてしまったからには、その想いはあられもなく乱れ、いつしか妖しの彼方にさまよい出すのを、どうにも押しとどめることができずにいたのだった……。


姓は何と言ったか。たしかに聞いたような気もするし、最初から聞かなかったような気もする。いずれにしろ、ニコライ、という名しか覚えていない。

大兵《だいひょう》肥満《ひまん》のうえに、立派な顎髭《あごひげ》を蓄え、当時、十四歳の子供の目にはずいぶんと大人に見えたものだが――そうでなくても異人さんの年齢の見当はつけにくい――、いま思えば、多分、まだ四十代半ばといったところではなかったか。体格、顎髭のせいばかりではなしに、その人となり、たたずまいに、えもいわれぬ憂愁《ゆうしゅう》の気配を漂わせていて、そのことがなおさらニコライ氏のことを年輩に見せていた。

戦時中にはまだ、そんな呼び方が残っていたのだが、いわゆる白系ロシア人で、さあ、いまとなっては正確な場所を指摘できないのだが、どこか六甲山の麓《ふもと》に屋敷をかまえていた気がする。

破風と塔の目立つ西洋館で、白系ロシア人の住まいだからか、それとも外壁の白さがきわだっていたからか、その界隈《かいわい》では「白屋敷」の名称で呼ばれていた。

これは、当時誰か大人から聞かされ、いまだに記憶の片隅に引っかかって残っていることなのだが――

何でも「白屋敷」はロマネスク様式の基部構造に、ゴシック様式の塔が建っているとかで、そんな建築様式のあれこれ、子供に理解できるはずはないのだが、そうであっても、いや、そうであればこそなおさら、それはいかにもちぐはぐに、奇態な建物に思われたことであった。

その「白屋敷」を支える土台が、半分は大地そのもので、土台でもあり、敷地でもあって、そのまま硬い石灰岩の崖につらなっている。さらに、その崖は、はるかさびれた町並みを見下ろし、遠くに阪神浜側《はまがわ》をのぞんで聳《そび》えている。

記憶になにか齟齬《そご》があるのではないか。こうして「白屋敷」のことを記述していても何がしかの違和感があるのは否めない。六甲山の麓であって、しかも眼下に崖が切りたっている……常識的に考えて、そんな地勢はありえないのではないか。

いまになって、ときおり地図を子細に眺めたりもするのだが、どうも六甲山に、そんな場所はありそうにない。というか、日本全国どこにも、そんな地形はありえないのではないか。麓にあって崖のうえにある。そんな地形があっていいはずがない。――そもそも地質一つとってみても、六甲山に石灰岩層などあるのだろうか。

どうにか頭がまともに働くうちに、一度、神戸に帰って、六甲山にそうした地形があるかどうか（あるはずはないと思うのだが）、そのことを確かめたいと念じつつ、いまだにそれを果たせずにいる。

もっとも何とはなしに現実感に乏しいということでは、ニコライにしたところで、「白屋敷」の存在とおつかつであって、最近では、ニコライなる人物が実在したかどうか、それさえも疑わしく思えてくる始末である。

いや、実在したかどうか、ということを云々するのであれば――

三百五十機ものＢ29の編隊が襲来し、容赦なしに焼夷弾《しょういだん》をばら撒《ま》いたあげくに、生田《いくた》、灘《なだ》、須磨《すま》、ことごとく焼き払って、おびただしい無辜《むこ》の人を焼死させたそのこと自体、本当に、この世のことであったのか、と疑わしく思えてくるほどである。

防空監視哨《しょう》の鐘が狂ったように鳴りしきるなか、ざあっ、と焼夷弾の落下音がすさまじく響きわたり、そこかしこの屋根から一斉に火の手があがる。軒端《のきば》に火が走り、燃えあがる戸板が舞って、火の粉《こ》がぼうぼうと流れるなかに、大八車ひいた人、布団包みかかえた人、はては仏壇背負った人が、互いに金切り声の悲鳴かけあって、必死に逃げまどう。

製鋼所から実家に戻ろうとしたが、その方角の空が真っ赤に染まっているのを見て、かつ、

「引き返せ、引き返せ、ここから先に行くのは無理だ――」

警防団の男がメガホンで叫んでいるのを聞いてはその気も萎《な》えた。

事実、焼夷弾がネズミ花火のように跳ね回り、いたるところに油脂を撒き散らすのを目にすれば、その先に向かうのは、とうてい無理なことと思い知らされる。ましてや人々が逃げるのと反対方向であれば、

それに逆らって進むのなど物理的にも不可能なことだろう。まずは家族の安否を確かめるのをあきらめるしかない。

やむをえない。いまはとりあえず自分一人の身のことのみを考えよう。そう思いさだめて、荒れ狂う火のなかをひたすら逃げ、気がついたときには、いつ一緒になったのか、同級生と肩を並べて走りつづけていた。

さあ、あの同級生は名を何といったのだったか、思い出そうとしても、その、ひねこびたドングリのように貧相な顔がぼんやり思い出されるばかりで、ほかには何も記憶に蘇《よみがえ》ってこない。

名前さえ思い出せないほどだから、とりわけ親しかったとも思えず、多分、双方、逃げまどっているうちに、たまたま一緒になってしまっただけのことにちがいない。

焼夷弾が降りしきるなかを逃げまどうのに、一人が二人になったところで、何がどう変わるわけもないのだが、それでも火に追われて、ひとり孤独に逃げるよりは、仲間がいたほうが何がなし心強いように思われたのだろう。

いつしか二人は逃げながら、「海はこっちやろか」、「そやろ」、「潮の香りせえへんけどな」、「酒蔵があるもん。灘や」、「いい案配にカンついとるんと違うか。飲もか」、「アホか。酔っぱらってどないしてB29から逃げるんや」互いにそう声をかけあうようになり、双方の声を頼りに走りに走った。

それなのに――

どう頭をひねっても何としても彼の名を思い出すことができない。かといって、このまま名無しを通したのでは、どうにも話がしづらい。やむをえない。アルファベットでいかにも芸がないようであるが、ここでは仮に、彼の名をSとでもしておこうか。

そのSがふいに足をとめると腕をあげてこう言ったのだ。いや、いっそ驚きのあまり叫《わめ》いたといったほうがいいか。

「見てみいあれ、なんや」

その指さす先にあったのが――

「白屋敷」なのだった。

2

たしかに神戸の大空襲、わが生涯の一大事ではあるが、それも四十九年もの歳月を経てみれば、往事《おうじ》茫々《ぼうぼう》、すべては夢のようにとりとめのないものに思われる。五十年にもなんなんとする歳月を経てみれば、自分の脳細胞も幾度入れ替わったことか、ときに映画や記録フィルムを見て、記憶を新たにすることもあったが、それもすでに効を失って久しい。

最近では、本当にあんなことがあったのか、あれはこの世のことだったのか、と疑うことさえしきりである。

しかし――どういうものか「白屋敷」を遠目にのぞんだ、あのときのことだけは絶対に忘れられない。

あの、えもいわれずちぐはぐな、五感の均衡《きんこう》が微妙にずれてしまうかのような奇妙な印象は、胸の底に深々と刻まれ、今日にいたるまでついに消えることがない。

はるか六甲山まで、阪神電鉄の土手を手前に見て、一望、火の海……酒蔵、兵舎のバラック、すべて灰燼《かいじん》に帰して、あれ、燃えるよ、燃える、紫色の煙がもうもうとたちのぼるなか（後に、映画「十戒」を見て、紅海が真っ二つに裂けるさまに、このときのことをありありと思い出したものだが）、その煙が二つに裂け、そのあわいに「白屋敷」がくっきり望見できた。

炎炎と噴き出す火焔《かえん》までもが、そこだけ楔《くさび》を打ち込んだようにVの字形に裂け、なにか奇妙にぬめった感じに、淡い桃色の朦気がひろがって、「白屋敷」が陽炎《かげろう》めいて揺れている。

当時、神戸の住人で、「白屋敷」のことを知らない人は少なかったろうが、それはどういうものか「白屋敷」が、人々のつねに視界の端にあって、いやおうなしに意識せざるをえなかったからで、もとより、それは名所がどうのこうのという話ではない。

そのときすでに自分が、ニコライという名を知っていたかどうか、それはさだかに覚えていないが、「白屋敷」に得体の知れない白系ロシア人が住んでいる、という噂を聞いていたのだけは間違いない。

どうして得体が知れない、などというのかと言うと——

五月祭の前夜、たまたま「白屋敷」のまえを通りかかった人が、そのカラタチの生け垣ごしに、なにか蜂の翅音のような、それこそ得体の知れない音声が洩れるのを耳にしたなどという噂があって、しかもそれは、あたかも何かが人間の言葉を真似ているかのようであったという。

しょせんは、赤マントの類のたわいもない作り話にすぎないのだろうが、これが五月祭の前夜だったというのが、いわばみそであって、（これは後になって知ったことであるが）西洋の古い伝承では五月祭の前夜すなわち魔宴の夜なのである。

が、当時、十四歳の少年にそんな知識のあろうはずがなく、「白屋敷」にまつわる奇怪な噂はあれこれ耳にしていても、何といっても、いま周囲に燃えあがるこの圧倒的な炎をまえにしては、その現実感、緊迫感において、いちじるしく欠けるところがあると言わざるをえない……。要するに、焼け死ぬことを考えれば、怪談どころではない。

Sが「白屋敷」見るなり、

「あそこへ逃げるわ。あそこなら火もよう回らんのと違うか」

そう引きつった表情で叫いて、バタバタ駆けだしたのも当然で、もとより自分も、B29が落とす焼夷弾のほうが子供じみた怪談なんかより何倍も恐ろしい。

その背中に、待ってくれ、ぼくも行くわ、とそう声をかけて、Sのあとを追ったのであるが——

そのとき、六甲山の麓にあるはずの「白屋敷」が、どうして、あんなふうにはるか高みに見えるのだろうか、とフッとそんな疑問が胸をよぎったのを覚えている……。

どうも、その後の記憶がはっきりしないのだが、命からがら、六甲山の麓にたどり着いたはずなのに、気がついたときには、すぐ脇に、急峻な崖がなだれ落ちている狭い尾根道を、空襲の火明かりをかろうじて拾うようにして歩いていた。

六甲山の麓であれば、すぐ目のまえに燃えあがっていなければならないはずの東神戸の大火災が、まるで赤い絨毯《じゅうたん》のように、はるか眼下にひろがっていて、はて、六甲のどこにこんな高い崖があったやろ、あるはずない。ここはどこなのか。

尾根道の幅は、さあ、あれで三メートルもあったろうか。痩せこけた自分たちが二人、かろうじて肩を並べて歩けるぐらいの幅しかなく、それに、がれ場の極端なもろさが加わって、足を進めるのに、一歩一歩、つま先立ちにならなければならないほどだった。上昇気流に乗って、大量の火の粉が流れてきて、まるで、おびただしい蛍の群れに巻き込まれたかのようだ。

一方には崖が切りたっていて、もう一方、神戸側のほうは、崖が恐ろしいほど急になだれ落ちている。その剥《む》き出しになった崖面は、どうも石灰岩層のようで、その野ざらしの骨のように白々と冴えわたる断層に、燃えあがる街の火が映えていた。

「この空襲で地獄の入り口が開いたんと違うか。それ以外にこないなもン考えられへん」

Sが息を切らしながら言う。その声音に子供っぽい怯えの響きがあった。

「何アホなこと言うてんねん。そないなことあるわけないやないか」

「そやかて六甲のどこにこないに急な崖がある言うんや。あるわけないやないか。地獄の入り口が開いたんや。そやろ」

「勝手に決めんといてくれ。胸くそ悪い」

自分は何とはなしに不機嫌だった。何とはなしに？　いやそうではないだろう。私もまた、S同様、怯えていたのにちがいない。

その怯えが私をして理不尽な怒りをSに向けさせたのだろう。さすがに、Sのように、地獄の口が開いたとまでは思わなかったが、この、六甲山に深々と切りたった石灰岩層がただ事であるはずがない。何か異常なことが起こっているのにちがいない。それもきわめて異常なことが。

火の粉が這うそのうえを、空を覆って紫色の煙がもうもうとたなびいている。その煙が、ふと、なにか不自然な流れ方をしたように感じて、頭上を振り仰ぐと――

船の舳先《へさき》が霧を裂くように、B29の銀色の巨体が紫色の煙のなかから現れて、ウォンウォンと轟音すさまじく、頭上にのしかかってきた。

あっ、いかん、来よった、と怯《ひる》む間もあらばこそ、ざあっ、とにわか雨のような音をたててB29から、おびただしい焼夷弾が放たれる。

油紙の裏側を炙《あぶ》るように、東神戸の街のそこかしこに、パッパッと火の手があがるのを望見し、それも恐ろしいことは恐ろしいが……

それよりも何よりも、たしかに焼夷弾が何発か、尾根道の行く手に落ちるのが見え、一瞬どうなるんやろ、この崖くずれるのと違うやろか、と肝が冷えるのを覚える。

一瞬、二瞬、間を置いて、前方の闇のそこかしこ、その闇に楔を打ち込むように、火柱が噴き上がり、その燃えあがる油脂が、真っ赤な飛沫《ひまつ》となって空に散った。闇がくるりと反転し、その、昼と見まがわんばかりの火明かりを震わせ、爆発音が、ズーン、と腹に響いてとどろいた。

一瞬の閃光《せんこう》のなか、前方に、くっきり「白屋敷」が刻まれ、そのゴシック風の塔が炎炎と焔《ほのお》を噴きあげるのが見えて——

「……」

私とSは反射的に顔を見あわせたのだが、互いの顔に浮かんだ、あさましいとも何とも言いようのない、餓鬼にも似た表情、どうして見あやまることがあるものか。

その表情を見れば相手も自分と同じ匂いを嗅《か》いでいるのは明らかではないか。だとしたら——。これは自分一人の錯覚ではない。

燃えあがる「白屋敷」から何かしら香ばしく食欲を誘う匂いが流れ出している。この匂いを何に喩《たと》えればいいか。七輪でサンマを焼く匂い、いや、ハマグリの塩焼き、いやいや、いつか海で食べたことのあるサザエの壺焼き……。何に喩えても、多少の違和感があり、そして、その違和感はとりもなおさず期待感でもあって。

何の因果か、オヤジはしんにゅうをかけたガンコ者で、意地でもヤミには手を出すかい、と一人きばって、自分はそれでいいが息子は災難、おかげで喰いざかり、育ちざかりの身に、とうに干芋、スイトンも切れはてて、粥《かゆ》といえば聞こえはいいが、白湯に飯粒が泳いでいるのを日々すすって、その空腹は耐えがたいばかり……。

それはSのほうも大して事情は変わらないはずで、一瞬、見あわせた互いの顔に、自分と同じ表情を認め、この匂いは錯覚ではない、と見きわめがついたとだん、理性のたがが吹っ飛んだ。

そのころ防空壕に食糧を隠している家は少なくなく、多分、「白屋敷」の白系ロシア人もそうしていたのにちがいない。そこに焼夷弾が落ちて食糧がこんがり焼かれることになった。相手はロシア人なだけに米ばかりということはないだろう。

缶詰に、砂糖、小麦粉に、乾パン——ウッヒャア！　防空壕に焼夷弾が落ちたんやとしたら焼きたてのパンにありつけるのと違うか。どこかにバターも隠されとるんやないやろか。バターつき焼きたてのパンにありつけるの何年ぶりやろ……。

二人、喚声《かんせい》をあげて、「白屋敷」のほうにバタバタと走る。その若く、おうせいな食欲はすべてを圧倒し、もう六甲山の麓に崖が切りたっている不思議さも、その足場の極端な悪さも気にならない。

ましてや、はるか崖下から、かすかに蜂の翅音のような音声が伝わってきて、それが低く石灰岩層を這うのに耳を澄ませば……イア！　シュブ＝ニグラース！　千匹の仔を連れた山羊よ！……と聞こえるのなど気にもとめなかった。

3

十四歳だったそのときはもちろん、とうに六十の坂を越えたいまも、私には西洋建築の知識など皆無と言っていい。

ゴシック様式の、ロマネスク様式の、と賢《さか》しらに並べたてたところで、たんに言葉として知っているだけのことであって、それがどんな様式であるのか、具体的に心得ているわけではない。べつに西洋の建築様式にかぎられたことではないが、自分の知識はごく薄っぺらなものであって、ほとんど内容をともなっていない。――無知蒙昧《むちもうまい》の輩《やから》、それが私である。

それなのに「白屋敷」の重厚な扉はゴシック様式で、その円柱の繊細な透かし模様はロマネスク様式である……等々と、今日にいたるまで、そうしたことが記憶に克明に刻まれているのはどうしてなのか。もとより後になって、そのことをわざわざ調べるほどの勉強家ではないし、誰かに教えを乞うた覚えもないのだ。

それなのに記憶だけが不自然なほどに鮮明なのである。どうしてか？　まるで自分のものではない、誰かべつのものの記憶が、意識のなかに二重に重ねあわせられているかのようなのだ。

が、もちろん、そのときの自分たちは、ゴシック様式がどうだろうが、ロマネスク様式がどうだろうが、そんなことはいっさい意識の外にあった。

「白屋敷」をめぐる生け垣の一部が裂けて、そこから煙と言えばいいか、あるいは朦気《おぼろげ》とでも言えばいいか、なにか朦朧《もうろう》とした霧のようなものがもわもわと流れ出している。その煙とも朦気ともつかないものは、わずかに桃色に染まっているのだが――そしてそれは常識的に考えれば空襲の炎が映えてそうなっているとしか考えられないはずであるのだが――、なぜかその色自体が脈動するように明滅を繰り返しているかのようなのだ。

その煙とも朦気ともつかないものが異常と言っていいほどまでに食欲を誘う匂いを放っている。その匂いに近づけば近づくほど、食欲がいや増しに増して、口のなかにツバが溜まるのをどうすることもできない。まるでさかりのついたネコだ。食欲こそは他のどんなものにも増して強烈な欲望であるにちがいない。その色が、多少、妖しげで、不自然に明滅しているからといって、それが何だと言うのだろう。そんなことでそのときの自分たちが躊躇《ちゅうちょ》したりするはずがない。

私たちは喚声をあげながら生け垣の裂け目に飛び込んでいった。そのとき一瞬、ほんの一瞬であるが、チラリ、と妙な考えが頭をよぎったのを覚えている。それは、この生け垣の裂け目がそのまま世界の裂け目ではないか、というものであったのだが。

Sと二人、互いに肩をぶつけあうようにして、庭に飛び込んでいった。

煙が、視野いっぱいにたなびいて、ひろがって、庭が全体にどれぐらいの広さで、どんな形をしているのか、それを見さだめることはできなかった。というか、食欲がまさって、きりきりと胃の内側から牙をたてているかのようで、そのことに耐えるだけで、いまにも叫きだしそうになって、目がくらんで、他には何も考えられない。煙がどうであろうと庭がどうであろうともう何の関心もないことだった。すべてどうでもいい。

いかにも昭和二十年六月、戦争末期、われら小国民はひとしなみに飢えていた。

干芋はおろか、大豆・麦・唐きびの雑炊さえ満足にありつけぬ日々に、考えることといえば、ただもう食べ物のことばかり。――その餓鬼の鼻先に、これほどまでに香ばしい匂いを突きつけられれば、いやもおうもなしに、それに向かって、ひた走りに走ることになるのは当然かもしれないが。

それにしてもあのときの自分たちはあまりに異常すぎはしなかったろうか。食い物や、食い物や、とそればかりを頭のなかで念じて、他のことは何もなし。庭の一隅に、防空壕が口を開いていて、そこから、もうもうと煙が噴き出しているというのに、何と、二人して躊躇《ためら》いもせずに、そのなかに頭から飛び込んでいった。

いくら腹が減ったからといって、どこの世界に、煙を噴きあげている防空壕のなかに飛び込んでいく奴がいるものか。よほどの向こう見ず、馬鹿か――そうでなければ何かにとり憑《つ》かれていたとしか思えない。とり憑かれていたのだとしたら、何にとり憑かれていたのだろう。

自分たちはあのとき何にとり憑かれていたのだったか？　防空壕に飛び込んでいったときに、頭のなかの地平、その小暗いどこかで、蜂が一斉に群れたつように、奇怪な声が、ワアアァン、とわき起こったような気がした。それは、ユゴス、ヨグ＝ソトース、マグナム・イノミナンダム、などという、何とも得体の知れない言葉であったのだが。

おそらく幻聴だったのだろう。もし、あれが幻聴でなかったのだとしたら、多分、あの、誰が囁いたとも知れない、数えきれぬほどの声のなかに、自分たちが何にとり憑かれたのか、それを暗示する言葉が混じっていたのかもしれない。ラ・イラー、ネクロノミコン、クトゥルー……

が、飢えに追われ、背中の皮に腹がひっつくほどに責めさいなまれる身には、どこで何が聞こえようと、もうそれどころではない。数段ばかりの階段を先を争うようにして駆け降りていった。

それでも防空壕は十畳ほどの広さはあったろうか。一応、コンクリートで塗り固められていて、これは灯火管制のおり、ひそかに自家発電の用意でもあるのだろうか、天井に、十燭《しょく》ほどの明かりがぼんやり点っている。べつだん風が吹き込んでいるわけでもないのだが、その電球がゆらゆら揺れているのを見るのが、妙に気持ちのすわりが悪い。

幸いなことに火の気はない。火の気もないが、期待していた食糧の包みらしいものも、どこにもない。あの桃色の煙だけが、うっすらと天井にたなびいているのだが、それでいて、まるで煙《けむ》くないのが妙だ。いや、煙いどころか、その桃色の煙には、えもいわれず食欲をそそられる匂いがこもっていて、それに飢餓感がいやまして、キリキリと胃が絞めつけられるのを覚える。

――この匂いはどこから来てるんか。どこにこの匂いの源はあるんやろ……

私がキョロキョロと防空壕を見まわすのと、Sが声をあげるのとが同時だった。

「珍味や」

とSはそう叫いたのだった。防空壕の一隅を指さしている。

いまにもヨダレを垂らしそうなしまりのない声で、情けない、かりにも学生やないか、何ちゅう声をあげるんか、とそのことにいささかの憤りを覚えつつ、Sが指さすほうに目を向けたのだが、その私にしたところがやはり、あっ、と声をあげざるをえなかった。

これまでどうしてそれに気がつかなかったのだろう。電球が揺れていたために死角に入っていたのか。防空壕の隅のほうに大型犬ほどの大きさのものが横たわっているのだ。あざやかな鮭色をしている。深紅色というべきか。キュウリのような体をしていて、その先端に口が（だろうと思うのだが）あって、イソギンチャクのような触手をうねらせている。

外皮は見るからに美味しそうで、柔らかそうであるが、背中にイボがあるのが目ざわりではある。その腹面に、何列かに、管のようなものが並んでいるが、多分、それが足なのだろう。

分類すれば棘《きょくひ》皮動物ということになるのだろうが、棘皮動物が背中にコウモリのような翼を生やしていていいものか……そのことが、多少、気にかかりはするのだが。

「海鼠《なまこ》や、海鼠やないか。珍味やで」

Sが興奮してそう叫ぶのを聞いているうちに、翼があろうがなかろうが、そんなことはもうどうでもよくなってしまう。

「海鼠の卵巣を干したものが海鼠子《このこ》や。乾燥させたら海参《いりこ》になる。腸を塩辛にして食べたら海鼠腸《このわた》や。どれも美味いよ」

「大事《だいじ》ないか。毒違うか」

「なにアホなこと言うてんのや。珍味やないか。海鼠、知らんか。毒違うよ」

「だけど、あんな――」

背中に翼のある、大きな海鼠がいてたまるか、とそう抗議すべきだったろうが、ふとそれに目をやったとたんに、もうあかん、あまりに美味しそうで、生唾《なまつば》がブァッとあふれてきて、どうにも辛抱たまらん。

なんや挨拶のつもりか、それは一度、二度、翼をひろげ、のばして、その風情《ふぜい》にも何ともいえぬ愛嬌《あいきょう》が

あって、ただもう……食べたい。その思いが募《つの》りに募って他のことは何も考えられないようになってしまう。

そのとき頭のなかに、

――ええ若い者がなにを遠慮することがありまっかいな。かまへん、かまへん、食べなはれ、食べなはれ。

そう聞こえた気がして、あれ、いまのはこいつが喋ったンかいな、頭のなかに話しかけてくるとは、何と器用なことをするもんやないか、と感心して――

感心するのと同時に、あふれる生唾が口の端からこぼれんばかりになって、もう何がどうあろうとかまうものか、こいつを食べんことには気持ちがようおさまらん、そう自分に言い聞かせる。

チラリ、とSと顔を見あわせ、以心伝心、こいつを食べたろか、おお食べいでか、二人、どちらからともなしに頷きあって、それに向かって、ズイ、と足を踏み出しかけた、まさにそのとき――

ふいに自分たちの背後、防空壕の入り口から声がかかったのだ。

「ダ、ダメだ。そいつに騙されるんじゃない。そ、そいつを食べなんかしたらとんでもないことになるぞ」

その苦しげにかすれた声の主こそ、この「白屋敷」の主人、ニコライその人だった。

かねてから何かにつけ噂を聞き、その姿を遠目に見かけることもあったのだが、実際に、こうして間近にニコライと顔をあわせるのは、これが初めてのことだった。

もっともニコライはそれから十分もしないうちに息を引き取ることになるのだが。

4

先に自分はニコライのことを大兵肥満と称したが、それはこうなる以前のこと、こうまで戦雲が急を告げたのでは、配給さえとどこおりがちで、多分、当時の日本で肥っている人は皆無と言っていい。

それはニコライにしても例外ではなく、以前、肥っていて急速に痩せた人に特有の、不健康なやつれ方をしていて、その肌は見るからに生気にとぼしい。

もっとも、この場合は、生気にとぼしいのも当然で、（これは後になって人から聞いたことであるが）ニコライはこのとき内臓を病んで、その患部を摘出手術した直後であったらしい。しかも戦時中の、極度に物資と人材が不足している時期ということもあって、術後の経過は思わしくなく、あと数カ月の命と宣告されていたようなのである。

が、現実には、あと数カ月の命どころか、ニコライは、この空襲で、焼け落ちた梁《はり》の下敷きになって、下肢をグシャグシャに潰されて、どうにかそこから抜け出すことはできたものの、あと十分ばかりで失血死することになるのだが。

その瀕死《ひんし》の体をかろうじて扉の枠に支え、血まみれに潰れた下肢を階段に投げ出し、ニコライは息も絶えだえにこう言うのだ。

「そいつを食べてはいけない。そいつに騙されてはいけない。そいつは言葉巧みに人の心を操ってその人間に自分を食べさせる……

そいつは、そうやって人の体のなかで何年も何十年も生きのびる。そうやって人の体のなかでぬくぬくと厄災《やくさい》を育《はぐく》んで大きくするのだ。そして十分に、その厄災を大きく育てたのちに、その宿主の体から外に出て、人の世にかくも巨大な災いをばら撒くことになるのだ……

見ろ。この巨大な災いを。この惨《むご》たらしい皆殺しを！　これはすべてそいつの……」

そのあとにニコライはそれの名を言ったのであるが、じつに風変わりな名で、というか、そもそも喉の構造上、人間が発声しうる限界をこえた名であるようで、あれから四十九年が過ぎたいま、わたしの脳裡に残されているのは……

たとえばクスルウーであり、クトゥルーであり、ク・リトル・リトルであって、そのどれでもあって、どれでもない。

戦後になって、日本ではわずかに抄訳があるのみの『死霊秘法』なる書を専門に研究していると聞いたU氏に、人を介し、そのことを問いあわせたことがあるのだが、

――それはマグナム・イノミナンダム、という名ではなかったか？

などという、まったく思ってもいなかった名前を持ち出されて面食らった。

何でも「大いなる無名者」とかいう意味だそうで、それはそれで、どこか聞き覚えがあるような気がしないでもなかったが。いずれにせよ、それがあのとき、ニコライから聞いた名とは、ほど遠いものであったのは間違いない。

その旨を書きしるし、U氏に送ったのだが、どういうものか、そのあとU氏からの連絡はなかった……そんなわけで、ニコライが口にした、その海鼠の名を聞き取ることはできなかったが、そのあともニコライは苦しい息の下から、そいつの話をつづけたのだった。

そのときにニコライから「小樽の墓」という言葉を聞いたのである。どうも、いま一つ、前後の事情がはっきりしないのだが、ニコライは、革命ロシアから北海道に亡命し、しばらくの間、小樽に滞在したことがあるらしい。そのときに海鼠に出会うことになった。

小樽には、忍路《おしょろ》環状列石なるストーンサークルが残っていたり、いまだに解読を寄せつけぬ古代文字があったり、何かと摩訶《まか》不思議な土地であるらしい。そのどこかで海鼠と出会ってそれを食べた……どうもそういうことであるようだ。もっともニコライは、たんに「小樽の墓」と述べるにとどまって、それが正確にはどこであったのか、そのことは語ろうとはしなかったのだが。

ニコライの話はほんの数分で終わった。——というか終わらざるをえなかった。

海鼠の放つ、自分を食べろ、自分を食べろ、自分を食べろ、という誘いの感覚があまりに強烈で、Sも、自分も、もうニコライの話どころではなかったのだ。とりわけSは、もう理性のたがが外れてしまったかのようで、

「やめろ、食べるな。食べれば、また、きみの腹のなかに大いなる厄災が飼われることになるぞ。それはいずれ人間界に新たな邪悪を招くことになるぞ!」

ニコライが悲鳴のように叫いたが、すでにSはそれを聞いてさえいないようだ。ヨロヨロとふらつく足

を踏みしめるようにして海鼠のほうに近づいていった。その唇に痴呆めいた笑いを浮かべていた。

また頭のなかに海鼠の声が聞こえてきた。海鼠の声だと思うのだが。

——そうや、それでええ。人間、できん辛抱は最初からせんこっちゃ。体に悪い。人間、自分に素直にふるまうこってす。何というても素直が一番よろしいなあ。

海鼠の声は最後には嘲笑のようになって頭のなかに響きわたった。

それと同時に海鼠の口から、ゾワゾワと音をたてて、回虫とも腸ともつかないものが、真っ白にもつれあい、かたまりになって吐き出され、それが床にうねって、Sに向かって這っていった。何メートルもの長さになって床にあふれた。

Sは歓喜の声をあげて、

「なに言うてんのや。どうせ、ぼくら戦争ですぐに死ぬんやないか。本土決戦やぞ。食べたってさわりあるかい。邪悪が育つ暇なんかあるか」

そう言うなり、その白いうねうねを両手ですくって、齧《かじ》りつこうとした。

ニコライが、やめろーっ、と叫んだ。と同時にその手元で閃光が炸裂した。防空壕に銃声がとどろいた。

Sの体が振り子のように反り返った。その足が宙に浮いて頭から床に落ちた。頭から血がじわっと床にひろがっていった。Sは死んだが、最後まで何か食べてでもいるかのように、その口をモゴモゴ動かしていたのが、何とも言えず哀れだった。

「何するんや、この人殺し——」

私はニコライを振り返り、そう叫びかけたが、その怒りを最後まで相手に伝えることはできなかった。ニコライの手から拳銃が落ちた。命が尽きたのだ。上半身が沈んで、そのまま頭から、ガタガタガタと音をたてて階段をずり落ちていった。その禿《は》げた後頭部に電球の明かりが映えて、なにか、あまりにわびしい思いにうたれたのを覚えている。

海鼠は、その腸とも回虫ともつかないものの束をうねらせながら「めちゃしよるねん」とぼやいて、私のほうを向くと、

――さあ、どないとせえや。好きに食べたらよろしいがな。

そう言って笑い声をあげた。

私はSの言葉を思い出していた。いずれにせよ、もう本土決戦は避けられないことだろう。そのことに間違いはない。

この大空襲、そして神戸が火の海になったことが、海鼠のもたらした災厄だとしたら、なるほど、ニコライが自責の念にかられて、狂ったようになってしまったのは当然のことだろう。が、どうせ自分たちは戦争ですぐに死んでしまう身ではないか。海鼠が、もう一度、神戸が焦土と化してしまうまでに育つ余裕はない。

その回虫とも腸ともつかないものがざわざわと音をたてて私に迫ってきた。笑い声が聞こえてきた。それが海鼠の笑い声であったのか、それとも自分の笑い声であったのか、私にもいまにいたるまでわからないことである……

これで私の話はおおむね終わりである。

あれから、じつに四十九年という歳月が過ぎ去って、いまはもう、あれが現実にあったことなのか、それとも火と煙に追われて見ることになった幻覚にすぎないのか、そのことが判然としない。それというのも、戦争が終わってのちに、一度、どこかでSの姿を見かけたことがあるような気がするからで、どうも記憶が曖昧になっているからである。

同じように、いまや「小樽の墓」という言葉にも自信が持てないようになっている。これも後になって知ったことであるが、穂垂れ、という言葉があるそうで、戦場で首を討ちとったものの、上手に首を切ることができず、切り口から醜《みにく》く肉の垂れさがったものの蔑称《べっしょう》であるそうだ。だから、あれは「穂垂れの墓」であったかもしれず、どうか小樽の方は私の話に気を悪くなさらないでいただきたい。

じつは私は癌《がん》を患《わずら》っている。それもすでに末期であまり永くは生きられないと思う。まあ、いい。私は十分に生きた。もう思い残すことはない。

来年は戦後五十年の節目の年になる。私もこれまでの行きがかりは忘れて、来年早々にでも、神戸を訪れてみようかと思っている。何といっても神戸は私の生まれ育った街であるのだから。

そんな私であるのだが、このところ、ただ一つ、気になるのは——

最近、寝に就くと、ときおり、どこか闇の果てから、嘲笑の声をまじえて、こんな声が聞こえてくるように感じられることである……イア！　シュブ＝ニグラース！　千匹の仔を連れた山羊よ！……

松井清衛門、推参つかまつる

天保十一年三月某日半宵《はんしょう》

僕が単身、柳橋《やなぎばし》で妖怪を待ち伏せしたのは天保《てんぽう》十一年、尊敬する高野長英《ちょうえい》先生のひそみにならえば阿《お》蘭陀《らんだ》暦一八四〇年春先の夜のことである。

わずか二一年にしかならない生涯で、妖怪を待ち伏せするのはじつにこれが二度目のことで、前回は天保九年夏、伊豆山中においてであった。

もっとも前回は、掛け値なしの妖怪退治であったが、今回、待ち伏せしているのは大目付の鳥居甲斐守《とりいかいのかみ》燿蔵《ようぞう》、俗に天保の妖怪と呼ばれるお方であって、そこが違う。

柳橋は、浅草平右衛門町《へいえもんちょう》と日本橋柳原のあいだ、隅田川から神田川へ入ってすぐのところに架かり、この辺一帯を同じ呼称で呼びならわす。

もちろん僕などのあずかり知らぬ世界のことではあるが、浅草橋から柳橋にかけては吉原や深川の岡場所に通う猪牙舟《ちょきぶね》や屋根舟の溜まり場であり、河岸には船宿が軒をつらね、名だかい料理茶屋が多いのだという。

幕臣がひいきにする店も何軒かあり、さすがに大目付《おおめつけ》ともあろうお方が舟をしたてて岡場所に繰り出すことはないだろうが、鳥居様がなじみにしている酒楼もあると聞きおよぶ。

以前より金銭を与え、手なずけておいた鳥居家の小者から、今宵、鳥居様がその店に向かわれた、という話を聞き、恐れながら帰路を襲撃し、お命ちょうだいつかまつる、というかねてからの計画を実行すべく、このように柳橋のほとりにて待ち伏せすることとあいなった。

もとより私怨《しえん》にあらず、また徒党を組むにもあらず、どこまでもおのれ一人の裁量にてのことであれば、首尾よく、鳥居様をオン討ちはたしたあかつきには、即刻、その場で自裁《じさい》する覚悟である。

おめおめ生きながらえて恥をさらし、万に一つもわが主人の江川英龍《ひでたつ》様に難をおよぼすようなことがあってはならず、卑怯《ひきょう》未練《みれん》な振るまいだけは何としても避けねばならないだろう。さればこそ、すべてはわが身ひとりの思案によるものであること、また一昨日の日付をもってしてすでにお屋敷よりお暇《いとま》をいただいたことなど、ことこまかにしたためた書状を懐にしのばせた。

この期におよんで、唯一、気がかりなことといえば、九段坂下・練兵館《れんぺいかん》の道場にて稽古を重ね、目録をいただくまでになった神道《しんとう》無念流のわざを、こともあろうに闇討ちなどに使わなければならないそのことしかない。

大恩ある斎藤弥九郎《やくろう》先生のご心中を慮《おもんぱか》れば、いかに不肖の弟子であろうとて、その罪まさに万死にあたいし、お詫びのしようもない。

もっとも斎藤弥九郎先生と江川英龍様とはご昵懇《じっこん》の間柄であらせられる。じつに刎頸《ふんけい》の友というか、そのご交誼《こうぎ》の深さは一言では云いあらわせないほどである。

斎藤先生が道場を開くことができたのも、江川様のご援助があったればこそのことと聞いている。また江川様が伊豆国韮山《いずのくににらやま》のお代官に任じられて以降は斎藤先生みずから江戸詰書役《づめかきやく》をお引き受けになられた。

であればこそ、斎藤先生は心中ひそかに僕の行為をお許しくださるのではないか、という気がしないでもない。まさかのことに先生ほどの方が江川様と鳥居様との永年のいきがかり、その因縁浅からぬことをご存じないはずはないからだ。

すぐる天保五年のこと、ご老中水野越前守忠邦《えちぜんのかみただくに》様じきじきのお申しつけにより、江川様は鳥居様とご一緒に、江戸湾測量の任に当たられることとなった。

しかるに江川様があまりに有能でありすぎたがために、激しく鳥居様の妬心《としん》をかうところとなり、以来、鳥井様、いや、蝮《まむし》の燿蔵のわが主人を憎むこと尋常ならざるものがあった。

蘭学の徒をことのほか憎む鳥居燿蔵の姦計により、痛ましや、渡辺崋山《かざん》様は国元にて幽閉蟄居《ちっきょ》、高野長英様は小伝馬町《こでんまちょう》牢屋敷に押し込めの身とあいなった。

その讒言《ざんげん》とどまるところを知らず、いかにわが主人、江川英龍様が幕閣のご身分にあろうと、いつ渡辺様、高野様の轍《てつ》を踏むことになるともかぎらず、そのことを案じるあまり僕はついに鳥居燿蔵を誅殺《ちゅうさつ》するのに思いいたったのだ。

はやくに両親を亡くし、極貧にあえぐべきところを、年端《としは》もいかぬ頃より禄《ろく》をちょうだいし、さらには練兵館に通うのまでもお許しいただいた。僕にしてみれば、何としてもその大恩に報いなければならぬという、やむにやまれぬ切実な思いにつき動かされてのことではあった。

——鳥居、討つべし。

待つこと二時間あまり、すでに十二時をまわったようであるが、鳥居燿蔵の駕籠《かご》はいっこうに現れる気配はない。大目付の要職にある身がまさかとは思うが、今夜は酒楼《しゅろう》に泊まるつもりだろうか。

一時間ほどまえから降りはじめた雨は、春雨とも思われぬほどに激しさを増し、すべて燿蔵を夜のとばりに閉ざしてしまう。

こんなこともあろうかと蓑笠《みのがさ》をかぶり、カッパを着けてはきたが、それでも春とはいえどまだ日の浅いこの季節、夜の雨に打たれつづけるのは、さすがに体が芯から凍えてくるのを覚えた。

いざというときに体がこわばって不覚をとるようなことがあってはならない。かじかんだ両の指を頻繁に動かし、息を吐きかけるのを心がけはしたが、それにもおのずから限界があろう。いずれは体が完全に凍えてしまう。そうなってはならない。そうなるまえに、鳥居燿蔵よ、早く姿を現さぬか、早く戻ってこい、としきりに気持ちが急《せ》いた。

と、雨降りしきる闇の向こうに提灯《ちょうちん》の明かりが浮かんで、それがゆっくり柳橋に近づいてくるのが見えた。もとより、この雨のなか、鳥居燿蔵ともあろう者が徒歩で帰宅の途につくことなどあろうはずがない。いずれ別人であるのは知れているから、物陰にしりぞいて、そのままやりすごそうとした。

すると、提灯の明かりは橋の手前でとまると、「そこにいるんでしょう、松井さん、松井清衛門《せいえもん》さん」と雨を透《す》かして声が聞こえてきたのだ。

いかにも松井清衛門は僕の名だ。しかし、こんな夜更け、見知らぬ土地、しかもこともあろうにこのような情況で、誰が僕の名を呼んだりするのだろう。うかつに返事をしてはならない。

無言のまま、鯉口《こいくち》を切り、闇のなかに身をひそめた。

「疑うのですか。それも無理はないけど」提灯が動いて傘をさしているその人物の顔を照らし出した。「僕です、虎万作《とらまんさく》です」

「虎万作君……」

たしかにその顔に見覚えがあった。もっとも、僕の知っている虎万作は、まだ元服《げんぷく》まえの初々しい少年であったが、いまは前髪も落とし、すっかり凛々《りり》しい若者に育っている。

「お久しぶりです、一別以来」

が、そう笑いかけてきたその表情に、かつて伊豆山中で、妖怪獣退治に力をあわせ、ともに戦った少年の面影がかおりたつように蘇り、胸をしめつけるような壊かしさが一気にこみあげてくるのを覚えた。

ふと、虎万作君が日頃唱えていた詩の一節が頭を過《よぎ》った。

離愁《りしゅう》 別恨 夢蓼《ゆめりょう》 蓼《りょう》
楊柳 烟《けむり》の如く 翠堆遥《すいたいはる》かなり

別れの悲しさ、夢のようにわびしい、柳の木がもやのようにけぶっている、みどりの堤《つつみ》がはるかに遠い……ということになるだろうか。まさに、このときの僕の心境を正確に云い当てていた。

「どうして君がこんなところに?」と問いかけずにはいられなかった。すると虎万作の声がわずかに憂《うれ》いをおび、「どうか思いとどまってください、松井さん、何があろうとも鳥居甲斐守を斬ってはならない」と切迫した口調で云ったのだ。

そのとき、遠い夜空に口小言《くちこごと》のように低く春雷がとどろいて、それが二年まえの夏、江川様のお屋敷にて、斎藤先生ともども、はじめて虎万作君に引きあわされたおりのあの雷鳴に重なりあうかのように感じられた。

六月十六日

十六日、快晴す。暑気しのぎがたいまでに照りまさる。灯《ひ》ともしまえ六時ごろ、それまで晴れわたっていた空がにわかにかき曇り、夕だち来《きた》る。

夕だちの後、斎藤弥九郎先生、わが主人、江川英龍様が職をあずかる韮山代官所（江戸本所南割下水《ほんじょみなみわりげすい》）にご来訪これあり。江川様、ご親友の来訪をお喜びになられ、酒肴の支度を命ぜられ、大いに歓待す。僕、火急の用とて、奥に召し出され、斎藤先生が同行なされた若者の紹介にあずかる。名を虎万作君という。

虎万作君は、僕より三歳下の十五歳とのことであった。まだ元服まえの前髪で、目元すずしげにして、その挙措《きょそ》のすべてが何ともいえず優美に奥ゆかしい。それでいて軟弱の印象を与えないのは、衣服のうえからもよく鍛えぬかれているのを見てとれるからで、口はばったいようだが、相当の遣い手と見た。北辰《ほくしん》一刀流《いっとうりゅう》を遣うと聞いた。

斎藤先生は虎万作君に、僕のことを紹介するのに、「若いながらも道場随一の遣い手、何よりその豪毅《ごうき》でものに動じないこと、すでに名人の域に達している」との穴があったら入りたいほど過分の言葉をいただいた。さらに虎万作君を紹介するに当たっては、「虎万作君のご先祖は、もともとは京都御所内裏《だいり》の紫宸殿《ししんでん》に出仕なさっていたと聞きおよんでいる。お上のために占卜《せんぼく》をなさった神祇《しんぎ》官の出自なのだという」と、とっさには理解しがたいことを云われた。

「軒廊御卜《こんろうのみうら》なるお役目を授かっていたとのことだ。それもあってか虎万作君自身がことのほかもののけの祟《たた》り――たつ、あり――を払う能力に優れている。であれば松井君、虎万作君は君とともにもののけを退治するのにはじつに得がたい人材と云っていいだろう」

「もののけ退治でございますか」僕はあっけにとられた。

「そうだ、もののけ退治だ」

斎藤先生は江川様と顔を見あわせて笑い声をあげた。

ひとしきりお笑いになられた後、先生はやおら居ずまいを正されると、それまでとはうって変わって厳しい声で、「松井清衛門、虎万作、そのほうらに代官所よりじきじきの命が下される。両名、つつしんでこれを受けまっせい」と仰せになられた。

斎藤先生のおのずからなる威にうたれて、僕は「ハハーッ」と平伏したが、それにしても、こともあろうに化け物退治を仰せつかるとは合点《がてん》がいかない。どこのもののけを退治せよと仰せられるのか。そもそももののけなどというものがこの世に存在するのか。

僕の不審を読みとったように、江川様がいつもながらの穏やかな微笑をたたえた表情でこう仰せられた。

「今年より甲斐国《かいのくに》が当・代官所の統治するところとなった。それを嫌ってか甲州博徒が大挙して伊豆に逃げ込んだ。殺害、放火、略奪、悪辣《あくらつ》のかぎりをつくしたうえでの逃亡で、むろんのことに代官所としてはこれを見過ごしにはできぬ。手代の五十嵐に、捕縛八人衆をつけ、伊豆韮山にさしつかわせ、これを一網打尽にうち捕った。そのことはそちも聞きおよんでいよう」

「はい、さすがに勇猛果敢《ゆうもうかかん》をもって知られる五十嵐様、見事なお働きと感服つかまつりました」

韮山代官所は韮山と江戸の二カ所にある。これまで韮山役所では伊豆、駿河《するが》を、また江戸役所では武蔵《むさし》、相模《さがみ》をそれぞれに支配していたが、今年、新たに甲斐国が江戸役所に編入されることになった。甲斐は大規模な打ち壊しがあった直後のこととて、人心が荒廃し、また甲州博徒と呼ばれるやくざ者が横行して、一種の無法地帯と化していた。

が、江川英龍様はそれに臆することなどなかった。粛々と統治を進め、相当の成果を得たために、それを嫌った無法者たちが大挙して領外逃亡におよんだ。江川様はこれを追尾、捕獲し、容赦《ようしゃ》なく断罪に処した。

それは伊豆においても同じことで、江戸より遣わされた五十嵐様は代官所きっての切れ者であり、また捕縛八人衆はことのほか捕縛術に優れ、しょせんは烏合《うごう》の衆にすぎぬやくざ者たちにこれから逃れるすべなどあろうはずがなかった。十人にもおよぶ無法者が磔刑《たっけい》、あるいは斬首《ざんしゅ》に処せられたと聞いている。

要するに、すべては終わったはずのことなのだ。それなのに、どうして、もののけ退治などという話が持ちあがってくるのか。

「斬首に処せられた者たちには何ら不都合はない。不都合があるのは磔刑に処せられた者たちのほうであってな。おとなしく死んでいてくれればいいものを、何を血迷ったか、この者たち、次から次に土饅《どまん》頭《じゅう》から這いだしてきたのだという」

「は？」江川様のお言葉ではあるが僕にはよく理解できない。「その者たち、死んでいるのではないのですか」

「うむ、死んでいる。なのに動きまわる」

「それは」僕は絶句した。「困ったことではないですか」

「困ったことだ。始末におえぬ。墓からさまよい出て、白昼堂々、里を徘徊《はいかい》するというのだからなおさら始末におえぬ。当然ながら、人々はこれを非常に恐れ、いまや伊豆山中はばたりと人の行き来が絶えたという。相手はもとより死人だ。いかに五十嵐が探索術に優れ、捕縛八人衆が捕縛に長じていても、なにさま勝手が違う。あれほどの者たちがよほど困《こう》じはてたのか江戸に救援を求めてきた。だが、わしにしたところで、動きまわる死人などというものにどう対処したらいいのか、よい知恵の持ちあわせなどあろうはずがない。窮したあげくに斎藤弥九郎に相談を持ちかけた。すると、斎藤とわしの存じ寄りの者のうち、おまえ、松井清衛門と、虎万作の二人がもののけ退治にもっとも適している、ということになった。この二人を伊豆に遣わしてはどうか、という話にまとまった。異存はあるまいな」

異存はないが疑問はある。僕としては、ここで一言あってしかるべきだろう。

「虎万作君は祟りを払う力がある、ということですから、たしかにもののけを退治《たいじ》るのには適任でしょうが、それがしが適任というのはどのような理由からでしょうか」

「おまえには先祖より受け継いだ兜《かぶと》割りの妙技がある」と、これは斎藤先生が云った。「いかに剣法に優れていようとも、誰もが兜割りに秀《ひい》でているわけではない。思うに死人たちが動き回るのはその背後にいる何物かが操っているからに相違ない。その何物かこそが、もののけの本体ではないか。そのものと対峙《たいじ》したとき必ずやおまえの兜割りの妙技が役に立つはずである」

斎藤先生は何を根拠にしてそのようなことを断言するのか。たしかに僕は先祖代々わが家に伝わってきた兜割りの妙技を受け継いでいる。が、戦国時代でもあればともかく、いまの世に兜を割るわざなど何の役にも立たないし、なにより兜を割ったあとには、もうその刀は使い物にならない。折れないまでも曲がる。刃こぼれもする。つまり実戦向きではないのだ。

それなのにどうして先生は兜割りに執着なさるのか。もしかしたら斎藤先生はその本体なるもののけが何なのかご存じなのではないだろうか。それを退治るのにどうしても兜割りのわざを必要とする、もののけとはどのようなものであるのか想像もつかないのだが。

もとより江川様、斎藤先生のお言いつけとあらば、いかなる無理難題であろうと、僕にそれを拒める道理がない。いや、拒むもなにもお話を承ったときには、すでにもののけとの戦いは始まっていて、いまさら引くに引けない情況にあった。いやおうなしにそのことを思い知らされるはめになった。

とうに夕だちはおさまっていたはずなのに、ふいに凄《すさ》まじい雷鳴がとどろき、閃光《せんこう》がひらめいたのだ。

障子《しょうじ》がしらじらと照らし出されて縁側に横向きにすわる老婆の影を浮かびあがらせた。髪の毛をぼうぼうと振り乱していた。狂したように笑い声をあげた。

――危ない、危ない、その慢心が命取り。たかの知れた兜割りのわざ、祟《たた》りを払う力など何ほどのことがあろうや。

「もののけ！」

僕と万作君が同時に立ちあがる。障子に駆け寄って引き開けた。が、縁側に人の姿はなく、それどころか雷の残響さえ絶えて、ただ暮色にけぶる庭に、夏の花々がほのかに香りたち、虫のすだく音がうるさいほどに満ちているばかりだった。

「……」

僕たちはたがいに顔を見あわせた。

おや、と意外に思ったのは、虎万作君の唇に薄く掃《は》いたように微笑が滲んだのを目の隅にとどめたからだ。一瞬のことではあるが、たしかに微笑んだ。

「出たな」

「うむ、出た」

江川様と斎藤先生は何事もなかったように悠然と酒を酌《く》み交わしている。この世の何事もこのお二人を動じさせることなどできないのかもしれない。

だが、僕はお二人以上に、万作君の微笑に感銘、というか一種、感動めいたものを覚えていた。それはあるかなしかにほのかなものでありながら、多分に艶《つや》めいていて、もののけが現れたのを恐怖するどころか、秘かに楽しんでいるような印象さえもたらした。

虎万作君と一緒だったら……一瞬、そんなあられもないことを思い、われ知らず動揺するのを覚えた。

もののけ退治に励むのも悪くないかもしれないな、と。

六月十七日から二十日まで

出立するまえに聞かされた話では、もっぱら磔刑に処せられた罪人が死人《しにかえり》となって、山中を徘徊しているということだったが、現地に着いたら、かなり実情は違っていた。

実際には、磔刑に処せられた罪人ばかりではなく、老衰、あるいは病死など、自然に往生《おうじょう》を遂げた者のなかにも死に返りがあとを絶たないのだという。

もちろん、当然のことながら、尋常に息絶える死者もいるわけで、何がその両者を分かつのか、それは誰にもわからない。

罪人にせよ、そうでないにせよ、いずれも死に返りに相違なく、ひとしなみ頭部を刎《は》ねれば、その徘徊もおのずからやむ道理なのだが、残された遺族の心情からすると、なかなかそのように単純に割り切れるものではないようである。

なにしろほんの数日前まで、祖父よ、祖母よと敬い、あるいは父と慕い、母と甘え、または子として慈しんだ、かけがえのない肉親なのだ。いまはもう無明《むみょう》の死に返りであり、これまでの肉親とはまるで別ものと理性ではわかっていても、なかなか想いがそれにともなわないらしい。

かつての肉親の死に返りに遭遇しても、つい身内だという意識が働いて、首を刎ねるのを逡巡《しゅんじゅん》し、それどころか、はなはだしきは反射的に抱きついてしまい、首筋の肉を噛みちぎられ、絶命することになる。

そうした悲劇があいつぎ、死に返りが地に満ちるようになり、ようやく人々もことの深刻さを実感するにいたり、亡者たちの殲滅《せんめつ》に全力をそそぐようになったのだが、いかんせん対応が後手《ごて》にまわった感は否めない。

僕と、虎万作君とが、韮山代官所・伊豆陣屋に到着したときには、すでにその牢内に死に返りがあふれ、いまにも格子《こうし》を押し破らんばかりになっていた。捕縛八人衆はさすがに捕縛術に優れ、片っぱしから死に返りを捕らえたはいいが、あいにく、ただ押し込めるだけで、それを退治るすべを心得ない。ために、ついに死に返りがびっしり牢に満ち、その腐肉、膿汁《のうじゅう》、排泄物の汚臭が耐えがたいまでになり、牢格子にかじりつき、うめき、咆哮《ほうこう》し、はてはがちがちと咬み鳴らす歯の響きが万雷を想わせるほどに高まった。

八人衆を除き、代官所の役人たちはことごとく逃亡し、それはいいのだが手代の五十嵐《いがらし》様まで姿が見えぬのには驚かされた。まさか五十嵐様ともあろうお方が臆病風に吹かれたとも思われぬが……。しかし、いまはその詮索よりも、この牢にあふれる死に返りたちを何とかするのが先決であろう。このまま放置しておいたのでは陣屋が代官所・出張所としての用をなさない。

牢屋の前の細い通路に、右に僕、左に虎万作君が陣取って、それぞれの背後に八人衆を四人ずつ待機させることにした。彼らには予備の刀を数振り、龕灯《がんとう》の明かり、血脂《ちあぶら》を洗い流す手桶の水、さらには万に一つもそのようなことはないと思うが、一刀のもと首を刎ね損ねたときのために死に返りを押し返す刺股《さすまた》、棒などを用意させた。

「よろしいか」と訊いて、「いつなりと」と万作君がにこりと笑って応えるのを確かめたうえで、牢の錠を外した。

死に返りがどっと通路にあふれ出す。僕と万作君の刀が龕灯の光を跳ねて闇にひらめいた。肉を打ち、骨を断つ鈍い音があいついで響き、首が舞った。

刎ねて、刎ねて、刎ねつづけた。六体目までは数えたが、七体、八体、さらには十体を超すにいたって、ついにそれが何体目なのか数えるのを断念した。噴きあがる血、こぼれ落ちる腐汁が見るまに牢と石畳の通路をぬるぬる汚していった。凄まじいばかりの悪臭がみなぎる。目がひりひり痛んだ。

下段から上段に刀尖《とうせん》を刎ねあげ、返す刀で斬り下ろし、また同じ動きをくり返す。まるで西瓜《すいか》でも割るように次から次に首を刎ねていき、それ自体はさして難しいことではないのだが、刀身に脂がからみつき、頸骨《けいこつ》に当たって刃こぼれがするために、ものの四人も斬ればもう刀は使い物にならなくなってしまう。そうなれば背後にひかえた捕縛衆に刀を取り替えてもらうほかはないのだが、その間合いを誤れば、死に返りに喉を咬み破られることにもなりかねない。

いつしか万作君と段取りをあわせ、僕が進むときには万作君が退き、万作君が進むときには僕が退き、ときに助け、ときに助けられながら、「刀を替える」、「心得ました」、「替えます」、「しかるべく」とたがいに声をかけあいながら首を刎ねつづける共同作業となった。一人が刀を替えるときには、もう一人が三歩、四歩と踏み込んでいって、先方の前に立ちはだかる死に返りの首を後ろから刎ねあげるのだ。

ついには天井まで飛び散った血が驟雨《しゅうう》のように通路に降りそそぐまでになった。何度か手桶の水を流したがもはや石畳にこびりついた血は脂層をなして不気味に光りだしていた。

まずは二十二、三体の首を刎ねたあたりであろうか。さすがに息があがり、腕がしびれ出した頃、ふいに異形《いぎょう》の死に返りが牢から飛び出してきたのだ。両手を頭上に振りかざし、指を鉤《かぎ》のように曲げて近づいてきた。

捕縛衆の一人が、「ああ、和尚様」と悲痛な声を張りあげた。それは韮山・正徳寺の八代目住職、世に畢生《ひっせい》の名僧とまでうたわれた聞恵《ぶんけい》和尚の変わりはてた姿なのだった。僕も何度か教えを乞いに参禅したことがある。墨《すみ》染めの衣は血に染まり、数珠《じゅず》はちぎれ、袈裟《けさ》は腐肉にまみれ、何とも形容のしようがないほどに浅ましい姿で襲いかかってきた。名僧のあまりといえばあまりにおぞましい変わりようではあったが、まさかのことにそれに臆したとも思わないし、ましてや怖気《おじけ》をふるったなどということがあろうはずがない。なのに、どうしたことか、振りおろした刀尖が首を刎ねずに、その耳から坊主頭にかけて音をたてて食い込んでしまったのだ。

もう刀はぴくりとも動かない。

捕縛衆の一人が替わりの刀を渡すのが一呼吸遅れたようだ。和尚が僕の首筋に咬みついてこようとした。そうはさせぬ。僧頭に食い込ませたままの刀を力のかぎりに向こうに押しやり、さらにその切っ先を牢格子に深々と突き刺した。和尚はいわば串刺しになり、暴れに暴れまくって、水車、いや、血車のように通路に血を撒《ま》き散らした。すかさず脇差《わきざし》を抜き、刀を食い込ませた頭部の反対側、あごから鼻梁《びりょう》にかけて刎ねあげ、しかるべく道筋をつくってやったうえで、一気に長刀を下まで押し切った。

和尚の首を刎ねたばかりではない。その脳までそっくり抉《えぐ》り出してしまう。刀身のうえに載っておぼろ豆腐のようにぶよぶよ震えた。目の錯覚だろうか。糸で縫うように細い光が走ったかに見えた。

そのときにはもう刀を替えている。三体、四体とつづけざまに死に返りの首を刎ねた。自分ではそうと意識しなかったが、牢格子に食い込ませた刀も逆手《さかて》に抜いて、襲いかかってきた一人の首を刎ねあげた。日頃の鍛錬《たんれん》のたまもので体が自然に動いたのであろう。刀身に載っていた脳がべしゃっと石畳に張りついた。死に返りの一人がすかさず四つん這いになりそれをズズッと音をたてて啜《すす》る。あさましい亡者めが。その首を拝み斬りに断ち落としたことは云うまでもない。首だけになってもまだ脳を啜っていた。

結局、二人で七十体ほどは退治したのではないだろうか。さすがに全員の首を刎ね終えたときには、二人、刀を杖にして、肩で息をするのがやっとという有り様になりはてていた。双方、血まみれ、脂まみれの惨憺《さんたん》たる姿とあいなった。たがいに見あい、どちらからともなく微笑みを交わしあう。

捕縛衆の一人がへらへらと笑い出した。どうやら正気を失ったらしい。その笑いが全員に感染した。虚ろな笑い声が通路と牢にひとしきりこだました。僕と万作君とは苦笑を交わしあい、もう捕縛八人衆は使い物にはならないね、とそれを無言のうちに確認しあった。

孤立無援か。こうなってはなおさらのこと五十嵐様の所在を早急に突きとめなければなるまい。

万作君はどうにか息を鎮めると、「脳に細い光が走ったのを見ましたか」と訊いた。「うん、見た」と僕が答えると、「あれはエレキテルではないでしょうか」と云う。「うん、そうだね、僕もそう思う。蘭学の先生から、生き物はすべてエレキテルの力で動くのだと聞いたことがある」と頷くと、万作君はいっそう息をひそめるように、「以前に、エレキテルを使って死者を動きまわらせるもののけ……妖怪獣の話を聞いたことがあります。奇妙な化物で、何でも目に見えぬ妖怪獣なのだそうですが。もしかしたら今回の騒ぎもそやつの仕業ではないでしょうか」

「妖怪獣？　なるほど、怪獣か。それでその怪獣の名は聞いてるのか」

「婆老蛾《ばろんが》、と云ったように思います。怪獣バロンガ――」

六月二十一日より二十二日まで

村に入ったのが十六日、それから二十日までの五日間、自分で云うのもいささか気が引けるが、僕たち二人はじつに獅子奮迅《ししふんじん》の働きをしたと云っていい。

連日連夜、死に返りの首を刎ねるのに励み、邁進《まいしん》し、ときに百体近い死に返りの群れに襲われるような危機におちいりながらも、二人、力をあわせることでどうにかその窮地《きゅうち》を脱してきた。

日を追うにつれ、万作君の北辰一刀流は冴えにさえて凄味《すごみ》さえ帯び、いや、すでにその域すら脱して、微笑みをたたえながら剣をふるいつづけるその姿は、さながら舞いの名手が舞台で踊るのを見るのに似て、ひたすら優美で美しかった。

また手前味噌ながら、死に返りの首を刎ねつづけるうちに、僕もいくらか修業が進んだようで、ときに自分が剣をふるっていることさえ忘れ、無心の境地に達していることがままあった。これが斎藤弥九郎先生が常日頃からおっしゃっている極意の境地であろうか、とも思う。

いまでも覚えているのだが、山中で十数体の死に返りと戦っているとき、にわかに風が吹きわたり、まるで春にサクラの花が散るように、白い清楚《せいそ》な花びらが一斉に風に舞い、その美しさたるや、思わず息をのむほどだった。その花吹雪のなか、僕たち二人、たがいに目配せを交わしあい、微笑んで、無言のうちにその美しさを愛《め》でた。

あの死闘のさなか、よくそんな余裕があったものだと我ながら呆れるのだが、両者、死に返りの首を刎ねあげ、飛びかい、すれちがいざまに、「これはエゴノキですよ。幼い頃、母がエゴノキの種をお手玉に入れて、よく遊んでくれました。あの澄んだ響きは忘れられません」と万作君が囁《ささや》きかけてきた。「そうか、自分は幼い頃に母を喪《うしな》って母親というものがどんなものだかよく知らない。さぞかしいいものなんだろうね」とこれは僕。それには直接には答えずに、「いつか僕の郷里をご案内します。松井さんに母の手料理を召しあがっていただきたいな」と万作君ははにかむように目を伏せて云った。

もちろん、僕たちにしたところで木石ではない、人並みに情もあれば涙もあるわけで、いかに死に返りであろうと年端もいかない子供たちの首を何体も刎ねた夜などは、さすがに平静な気持ちではいられない。いつしか、そうした夜には、僕たち二人、手を握りあったままで眠るのが習慣のようになった。

さて、先ほど話しかけた百人近い死に返りに襲われたときのことだが、さすがにこれほどの数を相手に

したのでは、さしもの我らも劣勢に追い込まれざるをえない。死に返りにもそれなりに知恵のようなものがあるのか、何台もの荷車を押しながら一斉に襲撃してきて、しかもその荷車には首桶を胸に抱いた死に返りが乗り、頃合いを見て、その首桶を僕たちに放り投げてくるのだ。そのなかには死に返りの首だけが入っていて、しかもその首が歯を咬み鳴らしながら、咬みつこうとするのだから始末におえない。

前述したように、すでに捕縛八人衆は戦列を離れているから、僕たちは予備の刀をそれぞれ自分で運ぶしかない。何振りもの刀をムシロでくるみ、縄でたばね、振り分けにして荷馬で運んだのだが、それすら最後の一本までもが曲がってしまうほどの激戦だった。その曲がった刀を死に返りの首に当て、ノコギリのように何度も引いては戻し、無理やり断ち切らねばならなかった。

このとき、はねわなの九兵衛なる六十男、それに鉄砲打ちの室岡なる若者、この二人の猟師が助力に加わってくれたおかげで、どうにか窮地を逃れ、死に返りをことごとく撃ち果たすことができたのだった。

そのあと九兵衛から耳よりな話を聞かされた。いまも行方がわからないままになっている代官所・手代の五十嵐宗右衛門様がどこにいらっしゃるのか、その場所を知っているのだという。

二十一日になった。

僕と虎万作君の二人は、はねわなの九兵衛を案内にたてて、五十嵐様を捜しにとある寺に向かった。——

鉄砲撃ちの室岡は油断なく猟銃をかまえ、火縄を指先でまわしながら、後尾についてくれた。

寺の名前は清風山《せいふうざん》無量寺《むりょうじ》。もう何年もまえから無住の寺で、以前はやくざたちの賭場に使われていたというが、いまは死に返りたちの格好の巣窟《そうくつ》になっているらしい。

そこに五十嵐様は逗留《とうりゅう》なさっているのだという。「どうしてそのような破れ寺に逗留なさっているのか」と訊いても、九兵衛、室岡の二人、言葉を濁すばかりで、まともに返事をしようとはしない。何かよほど口にしづらい事情でもあるのか。

九兵衛は近在でも評判の罠師である。悪さをする狐狸《こり》のたぐいをワナをしかけて捕らえるのにことのほか長じている。また室岡は飛んでいるヒヨドリを一発でしとめるほどの鉄砲上手なのだと聞いた。二人とも死に返りが跳梁《ちょうりょう》するようになって以来、一度も家に帰らず、山野に寝起きし、死霊を退治るのに努めてきたのだという。

九兵衛が「猪鹿熊、それが何であろうとわしの跳ね罠から逃れられるものはない。それは死に返りにしても同じことであるわい。なんの恐れることがあろうものか」と豪語すれば、室岡は「おれの十匁《もんめ》弾は一発で二頭の熊を射とめることができる。それが死に返りであれば三人はしとめることができる」とうそぶいた。味方にして、これほど頼もしい者たちはいないし、このあたりの地理を熟知しているという一点のみをもってしても実に心強い味方というべきだろう。

無量寺は森のなかに朽ち捨てられていた。境内《けいだい》のいたるところに白骨が散乱していた。到着したときにはすでに夜の十時をまわっていて恐ろしいばかりに冴えかえる月の光がそれらの遺骨を青白く照らし出していた。

本堂を覗いてみると、燭台《しょくだい》の蝋燭《ろうそく》が陰気に燃え、須弥壇《しゅみだん》の阿弥陀如来《あみだにょらい》像や、破れかかった雨戸、格天《ごうてん》井《じょう》からさがった房かざりなどをぼんやり照らし出している。そのなかに何体もの人影が見えた。

本堂の両端に、いくたりか死に返りが並んで座っているのだが、その風体からいずれももと博打《ばくち》うちであることが知れた。たぶん磔刑に処せられた罪人たちのなれの果てであろう。

——だとすると、ここは死に返りたちの賭場なのであろうか……。僕と万作君とはたがいに顔を見あわせた。

誰もが深々とうなだれているその見えない顔から、「さあ、張った張った、丁か半か、どっちもどっちも」と低い声が幽鬼のように洩れ、「丁半そろいました」と別の誰かがそのあとを引きつぐように云う。と、「勝負!」と鋭い声が響きわたり、その声に聞き覚えがあって、はて誰だったか、と首をひねったときにはもう博打は始まっている。ただし、ここで使われるのはサイコロでもなければ、壷でもなく、こともあろうに首桶なのであった。死に返りたちの頭越しに、首桶が投げ込まれ、転がり、なかから男の首が飛び出した。「男の首、丁です」と叫んだそれに聞き覚えがあるのも当然で、それこそが五十嵐様の声なのだった。

もともとは身なりに気をつかう人だったのに、いまは月代《さかやき》、無精髭《ぶしょうひげ》をのばし、女ものの長襦袢《ながじゅばん》をぞろりと着ながして、須弥壇のうえに大あぐら、片手に首桶、もう一方の手に貧乏どっくりを抱え込んで、見るからに放逸無慙《ほういつむざん》の気配が濃い。

一瞥《いちべつ》したときには五十嵐様も死に返りになってしまったのではないか、と疑ったのだが、そうではない、五十嵐様は生きているのだ。生きているのに、まるで死んでしまったかのような凄まじいまでの変わりようだ。本当にこれが代官所きっての腕ききとまでうたわれた五十嵐様であろうか。

さすがに五十嵐様、勘が鋭い。僕たちが覗き込んでいるのに気がついて、「そうか、おまえが来たのか、松井、さすがにお代官・江川様はお目が高い。おまえはまだ若い。おれのように堕落する気づかいはないと踏んだのだろう」と、さもそれが当然のことででもあるかのように声をかけてきて、「だがな、江川様にこれを見せてやりたいものさ、あれほど始末におえなかったやくざ者たちが、見ねえな、死に返りになったとたんにまるで羊のようにおとなしくなりやがった。こいつら、おれが胴元になって、好きに博打をやらせているぶんには、おれの云いなりなのさ。おれは生きてるやくざたちを取り締まるのがつくづく馬鹿らしくなった。こうして死に返りになったやくざたちを使いまわしているほうがよほどいい。いまじゃ、おれはこの伊豆国のご領主様も同然よ」そう云い放つなり狂ったように笑い出した。

狂ったように。いや、いたるところ死人《しびと》が動きまわるという、このあまりといえばあまりの有り様に、五十嵐様は本当に発狂してしまったのではないか。そうでなければ、まさかのことに自分は伊豆国の領主だなどと思いあがったことは口にしないはずなのだ。

それればかりか、「松井、おまえのやっとうの腕がどれほどのものか、おれはよく心得てるよ。なまじの死に返りじゃ歯がたつまい。だがな、こいつらは、骨の髄まで博打に毒されている。博打をうつためだったら何だってやろうというやつらさ。いくらおまえが腕がたっても、こいつらが相手じゃや、なまじのことじゃ退治はできねえよ」とまで云う。

と、そのとき、それまで黙って僕たちの話を聞いていた万作君が、「博打とはそれほどにおもしろいものなのでしょうか」そう口をはさんできて、「それほどのものなら僕にもやらせてはいただけないでしょうか」と静かに云った。

五十嵐様はけげんそうに万作君を見て、しかし誰なのか訊こうともせずに、「わかった、見せてやろう」とうなずき、「さあ、丁半ないか、ないか、張った、張った」と声を張りあげた。

たしかにここにいる博打うちたちは、ほかの死に返りたちとは違う。それを聞いたとたん、死に返りとも思えぬ緊張が一同のうえに走り、丁！　半！　とそれぞれ盆ござのうえに声を放つ。

「丁半そろいました」の声と同時に、五十嵐様が「勝負」と一声をあげて、死に返りたちの頭ごしに首桶を放り投げた。

万作君の体が宙におどった。その刀が一閃し、鮮やかに首桶を両断した。首が盆ござのうえに転がる。着地しざま、それをも見事に両断して、「いかさまだ」の一声！　その声に死に返りたちが一斉に反応し、わらわらと立ちあがった。うめき声をあげながら、五十嵐様に襲いかかっていく。「な、何を云う。いかさまなんかであるもんか」と云う五十嵐様の声が悲鳴に変わった。

僕の体が自然に反応した。彼らのなかに飛び込んでいって、剣を抜き払いざま、まずは五十嵐様のお命を頂戴した。慈悲の一殺と云おうか、こうなれば五十嵐様は死んだほうがいい。博打うちたちも、いかさまだ、の声を聞いたとたん、有象無象の死に返りに変わりはてていた。

その首を刎ねるのに何の造作もない。気がついたときには、万作君と二人でことごとく彼らを討ちはたしていた。

「賭場荒らしです」万作君が笑った。「以前、博打うちは、いかさま、賭場荒らし、と聞くと冷静さを失う、と聞いたことがあるもんですから」

死に返りたちと争っているうちに、燭台が倒れ、本堂に引火した。燃えあがる炎のなかに死に返りたちの影が舞う。見るまに炎は天井まで舐めるようになった。僕と万作君とは急いで外に避難した。

と、そのときふいに銃声が聞こえてきたのだ。何事か、と立ちつくした僕たちのまえに、宙から何かが落ちてきて、どさり、と音をたてた。見ると、それは無残に血まみれの姿に変わりはてた鉄砲撃ちの室岡だった。むろんのこと絶命している。

「あ、あれを見なせえ」

悲鳴かと聞きまがう九兵衛の声にうながされて視線を宙に向けた。

その視線の先、炎を噴きあげる本堂を踏みしめるようにして、巨大な四足獣が姿を現したのだ。頭部に牛のように二本の角を生やしている。その二本の角の間に稲光のように閃光が走った。炎をものともせずに突き進んできた。むろん本堂はあとかたもなしに崩れ落ちている。

妖怪獣は月に向かって吼えた。山野を震わせる凄まじいばかりの咆哮だった。

「あれが怪獣バロンガ!」

九兵衛はこと罠猟にかけては、近在に並ぶ者とてない腕前、人も名人と云い、自分も名人と豪語してはばからぬほどだが、さすがにバロンガを相手にしては熊や鹿を捕らえるのとは勝手が違うらしい。

なにしろバロンガはエレキテルを操り、人の脳に働きかけ、死人を自在に動きまわらせることができるばかりか、自分の姿をかき消すことさえできるほどのもののけなのだ。

さすがの九兵衛も、見えない怪獣を敵に回したのでは、思うように罠をしかけることもできず、口ほどにもない、バロンガを井戸に誘い込む、と云ったきり、おりから降り始めた雨にまぎれ、いつしかその姿が見えないようになってしまった。——逃げたのだろう。

捕縛八人衆頼みにならず、鉄砲撃ちの室岡むざんに落命し、はねわなの九兵衛は逃亡する。

こうなれば頼みとするは、わが孤剣に、友の虎万作君のみ——何の不服があろう。もとより、われら死ぬも生きるも一緒、バロンガを斃せば、そのエレキテルの傀儡《くぐつ》たる死に返りも殲滅することができる。その一事にすべてを賭けるしかない。

これまでの江川英龍様、斎藤弥九郎先生の大恩に報いるは、いま、このときを措いて他にない、わが一命、この豪雨のなかに弊履《へいり》のごとく捨て去って何の悔いがあろうや。

早朝から降りはじめた雨は、しだいに激しさを増し、ついには天を傾けたかと思わせんばかりの豪雨となった。いつしか雷をともなうまでになって、その雷光のひらめきのなかに、バロンガの巨体が現れては消え、消えては現れる。その咆哮は雷鳴すらも圧倒して地軸を震わせた。

「崇りは、たつ、あり。たつ、あり、は試練、立つ、在り、の謂いだと母から教わりました。常住坐《じょうじゅうざ》臥《が》、その試練に耐えてこその人生——と父は常日頃からそのように申していたと母から教わりました。いまがその、たつ、あり、試練のときと心得ます」

「いつか本当にきみの母上にお会いしたいものだ」

「はい、そのときには母の手製の鮎鮨をふるまいましょうほどに」

「約束しよう」

「はい、約束しましょう」

「それでは」

「はい、それでは」

万作君は白い歯を見せて笑うと、一転して身をひるがえし、山肌を駆け下り、雨のなかを走り去っていった。

そして、井戸を背にして立ちはだかると、すらりと刀を抜いて、それを上段に振りかざした。刀が雷に映えて閃光を撥ねる。何度も何度も閃いた。いまにも刀身に雷が落ちんばかりである。気のせいか万作君の体が青白い輝線に縁どられているかのようだ。

もとより雷雨のなかで刀を上段に振りかざすのは命取りの行為といっていい。なにが無謀といってこれほどまでに無謀な行為はないだろう。

が、エレキテルを好むのだというバロンガをおびき寄せるには、刀に雷を集めて、その注意を惹くしかない。はねわなの名人である九兵衛がここにいれば、なにか他に工夫のしようもあるだろうが、あいにく九兵衛は臆病風に吹かれてもうここにはいない。

豪雨のなかにバロンガの巨体が山のように聳《そび》えたつのが見えた。

山が動いた。

バロンガが地響きをあげながら万作君に突進していく。

その二本の角の間に雷のように閃光が走った。――青白い閃光に雨粒がくっきり浮かびあがる。咆哮が天地をどよもした。

僕は崖の中腹に身を伏せていた。バロンガが通過するのを待ちかまえた。通過した――と見るやいなや、足は地を蹴り、雨のなかを跳躍した。

神よ照覧あれ、なるかならぬか、兜割りの一閃！　剣尖が豪雨を引き裂いて、バロンガの角に振り下ろされた。切断された角が雨のなかを舞う。バロンガはまた咆えたが、その咆哮は明らかにこれまでのものとは違う。断末魔の響きを帯びていた。やった、と思ったときには、バロンガが頭を振って、残るもう一本の角で、僕の体を宙に撥ねあげていた。地面にたたきつけられた。

と同時に万作君の刀に落雷したようだ。光が炸裂した。凄まじい大音響がとどろいた。それに向かってバロンガが狂ったように突進していった。

人の話によればバロンガはそのまま井戸に落ちていったのだという。虎万作君はどうなったのか？　雷に打たれて落命したとも聞いたし、あるいはバロンガともども井戸に落ちていったのだとも聞いた。

いずれにしろ、それ以後、僕が虎万作君に再会することはなかったし、あれほどの友を得たこともまたない。

天保十一年三月某日半宵

「どうか思いとどまってください、松井さん、何があろうとも鳥居甲斐守を斬ってはならない」

虎万作君に会った懐かしさは胸を締めつけて苦しいほどだが、いかに親友の言葉といえども、こればかりは従うわけにはいかない。

「鳥居甲斐守燿蔵はきっと江川英龍様にあだをなす。将来の禍根《かこん》を断つためには、いまこれを斬って捨てるほかはない」

「どうして鳥居燿蔵が江川英龍様にあだをなすことなどありましょう。すでに鳥居燿蔵の運は尽きました。これより鳥居燿蔵は衰運に向かうばがり」

「なぜ、そんなことがわかる」

「お忘れになりましたか。僕は占卜を心得ている者です。僕にはそれがわかる」

「信用ならぬ。切り捨てたほうが早い」

「信用なりませんか」虎万作君は雨のなかに白い歯を見せた。まえにもこのような彼の表情を見た、と思うとなおさら懐かしさが胸を締め付けた。「それではこのようにいたしましょうか」

万作君はすらりと刀を抜いてそれを上段に振りかざした。この春雷の豪雨のなか、何をしようというのか。

「この刀に落雷すれば僕の屍を踏み越えて鳥居燿蔵を討てばいいでしょう。落雷しなければおあきらめなさい」

「……」

僕には言葉もなかった。ただ、ひたすら万作君の姿を凝視するばかりだった。

気がついたときにはすでに鳥居燿蔵の駕籠は柳橋を通過していた。虎万作君の姿も雨に溶けたように消え失せていた。

虎万作君の言ったとおり、その後、鳥居燿蔵は失脚し、政治の表舞台から消えていった。江川英龍様はつつがなく天寿をまっとうされることになった。

あの日の虎万作君が現実のものであったのか、あるいは幻影にすぎなかったのか、それともバロンガのエレキテルを浴びて死に返りでもしたのか、いまだに僕はそれを決めかねている。

ただ、これだけは云っておきたいのだが、雨のなかに白い花びらが散って、ああ、これはあのときのエゴノキだ、と思って、夢から覚めたように我にかえったのだが、むろんそれはエゴノキの花びらではなしに、サクラの花びらなのだった。

そのあと、僕はとりたてて人に云うほどのこともない、しごく平凡な人生を送ったのだが、人によれば、愛の経験はあとでそれがなければ耐えられなくなる、という欠点を持っているということだから、つつがない人生をまっとうしたのであれば、それはそれでよしとしなければならないのかもしれない。

最後に、虎万作君が唱えていた詩の後半を、せめてもの想いを託し、ここに記すことにしよう。

幾歳《いくさい》か春江に袂《たもと》を分かし後《のち》
依稀《いき》として繊月《せんげつ》　紅橋を照らす

◎ウルトラマン第三話「科特隊出撃せ」、「懐かしの七月――余は山《さん》ン本五郎左衛門《もとごろうざえもん》と名乗る」稲垣足穂作を参考にさせていただきました。

悪魔の辞典

1

しなやかな体つきをした二十代の女、切れ長の緑の目、燃えあがるような赤毛の短髪……名前はモニカ。本名かどうかは保証のかぎりではない。そもそも本名などというものを持っているのかどうか。

赤いルージュの唇を開いて、鼻にかかった罰当たりな声で、婚約した男に親の遺産五万ドルを奪い取られたという。しかも男はどうもホテルを引き払ってどこかに逃げようとしているらしい。

結婚詐欺で告発するつもりはない。しかし親の遺産の五万ドルは何としてでも取り戻したい。

「だって、あのお金がなかったら、わたしは一文なしになってしまうんですもの」モニカはそういい、ハンカチで目を拭いた。そら涙ではない。たしかに涙は出ていたが、美人の涙ぐらい当てにならないものはない。しょせんは塩水にすぎない。

モニカが出ていったあとにはかすかに香水の香りが残った。「毒薬」という名の香水ではないかと思う。

「いまの話、どう思いますか」おれは親父《オールドマン》――ピンカートン探偵社のサンフランシスコ支局長のことだが――のほうを向いていった。「とても結婚詐欺にあうようなたまじゃない。逆に結婚詐欺にかけるような女に見えますけどね」

親父はフンと鼻で笑う。翻訳すれば、なにをいまさら甘いことをいってるのか、ということになる。

料金表には明記されていないが、ピンカートン探偵社に支払われる料金には〝だまされ料〟も加算されている。本当にだまされるのはまずいが、だまされたふりをするのも仕事のうちだった。ピンカートン調査員たる者、間抜けのふりをして、せいぜい顧客のご機嫌を伺うぐらいの芸当はやってのける必要がある。

「どうもあの女の話には裏があるようだ。せいぜいバックアップをお願いしますよ」おれは帽子を取り、立ちあがっていった。そして男のもとに向かった。

男の名前はトーマス・キャラハン——三十そこそこというところか。長身で、痩せていて、その細い口《くち》髭《ひげ》がダンディに似あう。いつも細身のナイフでピンク色の爪を磨いている。そのしなやかに長い指は、どちらかというと女の肌を愛撫するよりは、人の喉を切り裂くほうが得意そうだった。

キャラハンはレビン・ワース街のモンゴメリー・ホテルに部屋をとっていたが、おれが到着したときには、まさにそこを引き払おうとしているところだった。

おれは男を尾行することにした。尾行はお手の物だったが——まさか、その尾行が二週間もつづいて、こともあろうにサンフランシスコからメキシコの国境まで引っぱっていかれることになろうとは夢にも思わなかった。

一九二〇年の夏のことだ。

2

リオ・グランデ河に沿った国境地帯、メキシコをのぞんで、はるか中央から離れたところにその町はある。

赤っちゃけた懸崖《けんがい》のはざまに道はつづいている。水の涸《か》れた河床と交叉し、粗雑な木の橋がかけられている。それが唯一の町の出入り口であり、町名もその地形に由来しているらしい。

コークスクルウ——栓抜きだ。

ただし、この町名には「頭をえぐり取られる」という意味も隠されているのだという。開拓時代にはいろいろと荒っぽいことがあったのだろう。

おれにしたところで何も好んでコークスクルウまで車を転がしてきたわけじゃない。キャラハンを尾行しているうちにカルフォルニアから国境地帯までの遠出になってしまったのだ。

一日六ドルのサラリーじゃ割りがあわない話だが、なに、いずれおれは作家になるつもりなのだ。探偵稼業は、ダイム・ノヴェルズや西部小説を書くときの格好の材料になってくれるにちがいない。

橋を渡ってすぐのところ、涸れ河の横に「サーモン・ハウス」という看板をかかげた食堂がある。二階建て、白いペンキを塗りたくって、見るからに安っぽい造りだ。いまは水が涸れてしまい、河床があらわになっているが、かつてはサーモンが遡上《そじょう》してきたのだろう。

町に入るまでにはまだすこし距離があるらしい。ほかには建物が一軒もない。何がわびしいといってこれほどわびしい食堂もないのではないか。

キャラハンの車がその「サーモン・ハウス」のまえにとまっていた。

もう一台、やや離れたところにとまっている車が気にかかった。強力なエンジンを積んだ外国車なのだ。

この界隈《かいわい》ではもちろん、サンフランシスコでもめったにお目にかかれないタイプの車だ。どんな野郎が乗っているのだろう。

おれも車から下り、ポーチを通って、靴の先でドアを開けて食堂に入った。

油布をかけたテーブルが四脚ほど、客は誰もいない。奥に粗末なカウンターがあり、そのなかに汚いエプロンを着けた四十男が入っていた。あごのない羊のような顔をした男だ。男と向きあうようにして、カウンターの外にキャラハンが横向きに凭《もた》れかかって立っていた。

羊《ミスター・シープ》男もキャラハンも妙に緊張した表情になっていた。その目はおれを見ているようで、じつはおれを見ていない。おれの横、ドアのわきを凝視《ぎょうし》していた。

おれはとっさに身をひるがえそうとしたが、それよりも横からあごに冷たいものを突きつけられるほうが早かった。

「動くんじゃねえ」と見知らぬ男がいう。

キャラハンも痩せているが、この男の痩せ方は彼の比ではない。手鉤《フック》のように痩せていた。黒光りのする大型のリボルバーをライターのように軽々とあつかっていた。こういう男は舐めてかかると取り返しのつかないことになる。せいぜい、いわれるままに振るまうことだ。

「動かないよ」とおれはうなずいた。「だから撃たないでくれ」

男の左手がおれの背広に滑り込んだ。わきに吊るしたホルスターから自動拳銃を抜き取った。そして、「これはこれは」とおどけたような口調でいう。

「この界隈をうろついてる野郎はどいつもこいつも拳銃《ハジキ》を持ってやがる。じつにチャーミングな場所じゃねえか」

そのセリフから察するに、男はキャラハンの拳銃も奪い取ったわけなのだろう。手際《てぎわ》もよければ度胸もいいお兄さんなのだ。

「奥に行け」

男はおれの背中を拳銃で押した。おれは三歩、四歩と歩いて、振り返った。男と正面から向きあう。もっとも男と向きあうためにそうしたわけではない。おれの体のかげになってキャラハンが動きやすい。おれはそれを狙っていた。

「おとなしくブツを渡しな、キャラハン」と男がいった。「わかってるだろうが妙な真似をするとためにならないぜ」

「わかった」キャラハンはうなずいた。男に向かって歩きだそうとした。

「アッ、アー」男は警告するように拳銃をわずかに振った。にやりと笑うと、その痩せた顔が吊りあがった。「そこにいろ。そこにいたままでもブツは渡せるはずだぜ」

キャラハンは立ちどまった。じっと男の顔を見つめた。その目に奇妙な色が浮かんでいた。また、うなずいた。「そうしよう、だから――」

「わかった」男は夢でも見ているような表情でいう。「撃たねえよ」

「おれは服のなかに手を入れる」キャラハンは男に説いて聞かせるようにそういい、背広のなかに右手を入れた。「だけど、これはブツを取り出すためだからな。早とちりして拳銃《ハジキ》をぶっ放さないでくれよな」

男がかすかに笑う。「わかってるさ」

キャラハンは内ポケットから何か平べったいものを取り出した。どうやら本のようだが、何の本だか見てとることはできない。油紙で何重にも包まれていて、そのうえから細ヒモが十文字にかけられている。

「早とちりするなよ。これからブツを床に滑らせるからな」キャラハンは床のうえにうずくまる。そして本の包みを床に置いた。

男の視線が動いた。男は本の包みに注意を奪われ、キャラハンの左手の微妙な動きに気がついてはいない。それにもちろん、おれの体が視界の妨げになっているということもある。

「ブツを渡すぜ」

キャラハンがいって本を勢いよく床に滑らせた。男の視線がそれに誘われ、一瞬、キャラハンから離れる。と同時にキャラハンの左手がベルトの腰に飛んだ。ナイフを引き抜いた。ピンクの爪を磨くのに使うあの細いナイフだ。

おれはこのときを待っていたのだ。このチャンスを狙っていた。

「気をつけろ、ナイフだ」

おれはそう叫んで、横っ飛びに体を投げ出した。床に転がった。

おれがいなくなった空間に二人の視線がからみあう。男が発砲するのと、キャラハンの手からナイフが放たれるのが、ほとんど同時だった。弾丸とナイフが宙で交叉した。

おれが狙ったのは相撃ちだった。この手はたいていはうまくいくのだが、今回は半分しか成功しなかった。おれが予想した以上に男の動きが速かった。男はとっさに身をそらしてナイフをやり過ごした。が、キャラハンのほうは男ほど身のこなしが敏捷《びんしょう》ではなかった。胸に銃弾をくらって床にたたきつけられた。即死とまではいわないが、どうせ長くない。

銃声の余韻《よいん》も消えないうちにもう情況は逆転していた。おれは動いた。バネのように弾みをつけて立ちあがり走った。

男は床に身を沈めて左手で本の包みを受けとめた。そのときにはおれは男のまえに立っていた。その手を思い切り靴で踏んでやった。男は小声で悲鳴をあげた。そのひたいに二十二口径を突きつけた。

男にしてみればどこから二十二口径が出現したのか手品でも見る思いがしただろう。あっけにとられて拳銃を見つめている。

「おまえもワン・アーム・フックの名前で知られた男じゃないか」おれはにやりと笑っていってやった。

「ジタバタするのはみっともないぜ」

3

どうして二本の腕がそろっているのに、男はワン・アーム・フックの名で呼ばれているのか？ それはこの男が殺し屋にはめずらしく、つねに一挺の拳銃《アーム》しか持ち歩かない習慣だからなのだ。

妙な習慣というしかないが、なにより妙なのは、フックが他の人間も自分と同じように武器を一つしか持っていないと頭からそう決め込んでいるらしいことだった。それだからキャラハンがナイフを持っているのにも気がつかなかったし、おれが（ホルスターに吊るした三十二口径の自動拳銃以外に）ポケットに小型拳銃を隠し持っていることにも気がつかなかった。

キャラハンのナイフは爪を磨くのに使われるような細身のものだし、二十二口径のベレッタでは野ネズミ一匹撃ち殺すこともできない。プロの殺し屋であればそんなものは気にかけないのが当然かもしれないが、細身のナイフでも喉をえぐることはできるし、二十二口径のベレッタでも眉間《みけん》を撃ち抜くことはできる。けっして看過《かんか》されていいものではない。おれが思うにプロであればあるほど気にかけなければならないものなのだ。

もっともフックは自分のことを殺し屋だなどとは思っていないかもしれない。

フックは三人組の窃盗《せっとう》グループの一人であり、主に暴力沙汰を受け持っていた。キャラハンもまた、そのうちの一人であり、錠前破《じょうまえ》り、金庫破りの技術に秀でていた。

今回、ある筋からの依頼を受け、彼ら三人はサンフランシスコの某所から非常に貴重（かつ高価）な稀《き》覯《こう》本を盗み出すことに成功したのだという。

ところがキャラハンが悪心を起こし、自分一人で、その稀覯本を依頼主に引き渡すことを思いついた。むろん、礼金を独り占めにしたいという欲からの行動であるのはいうまでもない。

キャラハンは逃げ、ほかの二人がそのあとを追う。じつにアクビが洩れるほどありふれたことといっていい。

悪党たちのやることはいつの世も変わらない。裏切って、裏切られ、また裏切って、裏切られるのだ。そのあいまに酒を飲み、人を撃ち、ときに質屋を襲撃したりもする。質屋が銀行に変わったところで事情に何か変化があるわけではない。

いつかもいったことと思うが、ピンカートン探偵社の料金にはだまされたふりをするぶんが含まれてはいても、本当にだまされるぶんは含まれていない。本当にだまされないためには事前に入念な調査をしなければならない。おれがこの件の調査にとりかかるに際して、親父にバックアップを頼んだのも、つまりはそういうことなのだ。

ピンカートン探偵社の解釈にあっては、依頼主が虚偽の事実を述べて調査を依頼したのが判明した場合には、自動的に契約関係は消滅したものと見なされる。

したがって、おれがフックの眉間に銃口を突きつけ、その問題の稀覯本を取り上げ、しかるべき人間にしかるべき値段で売りつけたところで、何ら企業モラルに反する行為とは目されないわけなのだ。

それどころか、むしろ、そうしないほうが企業モラルに反する行為といっていい。いついかなる場合にも、ピンカートン探偵社は臨時収入を拒むものではないし、臨時ボーナスを歓迎しない調査員《オプ》はいない。

「拳銃を捨てな」おれの口調がいつになく浮かれていたのも無理からぬことだった。「その本を渡すんだ」

しかし、雇用関係が消滅し、信頼関係が失われたと判断したのは、必ずしも雇われた側ばかりではなかったらしい。雇った側は雇った側ですでに探偵社の調査員など使い捨てにすると決めていたようだった。

背後にドアの開閉する音が聞こえてきた。とっさに振り返ろうとしたが、すでに遅かった。首筋に冷たい鋼《はがね》の感触を覚えた。

「拳銃を捨てるのは」あの罰あたりに鼻にかかった声が笑う。「あなたのほうよ」

振り返って相手の顔を確かめるまでもない。その「毒薬」の香りは忘れるものではない。

これが窃盗グループの三人めなのだ。もっぱら盗んだブツの売りさばき先を見つけるのを得意としている。故買の専門家。

キャラハンを結婚詐欺師に仕立てて、おれにその行方を追わせた女——切れ長の緑の目、燃えあがるような赤毛の短髪……通称をラビッド・モニカという。

フックは笑う。おれの二十二口径を指先で押して自分の眉間から外した。

「どうってことはない」そして、あらためて自分の拳銃をおれに突きつけていう。「撃っちまいなよ」

「どうしようかな」モニカの声は驚くほどあどけなかった。「そうしちゃおうかな、そのほうがいいかな」

4

「もういい。もうたくさんだ、どいつもこいつも勝手な真似をしくさって。おれの店から出てってもらおうか」

思いもかけないときに思いもかけない男が口を出してきた。カウンターのなかにいた顎《あご》のない男——

羊男《ミスター・シープ》だ。

二連の散弾銃をカウンターのうえに載せるようにかまえている。銃身が短く挽《ひ》き切られている。これだけの至近距離だ。二発の散弾でおれたち三人の体を容赦なく穴だらけにしてくれるだろう。

カウンターの裏に散弾銃を隠し持っていたのにちがいない。おとなしいはずの羊男が怒り狂っていた。自分の店で好き勝手に殺し合いをされたのでは、それは彼ならずとも怒りたくもなるだろう。

羊男がわずかに散弾銃の銃口を振るようにしていった。「そこに転がってる死体を回収してさっさと出てってもらおう」

羊男の形相におれたち三人は震えあがった。この世で何が怖いといって、銃を持って怒り狂ったアマチュアぐらい怖いものはない。プロになら通用する理屈がアマチュアには通用しない。プロがバッター・ボックスに立つまえに、アマチュアは勝手にボールを投げ込んでくる。しょせんはルールが違うとしかいいようがない。

「オーケー、オーケー、いわれたとおりにするぜ」

フックが素早く立ちあがって、拳銃をホルスターに戻した。おれとキャラハンから取り上げた拳銃をカウンターに置いたのはワン・アーム・フックの心意気というところだろう。

そして空っぽになった両手を羊男の目にさらして見せた。

モニカがおれの首筋にさらに強く銃口を押しつけてささやいた。「本から靴をどかすんだよ」こんなときでも罰あたりに鼻にかかった声は健在だった。

むろん、おれが仰せのままにしたことはいうまでもない。アマチュアほどではないにしても、拳銃を持った女もかなり恐ろしい。慎重に振るまうに越したことはない。

フックが本を拾ってズボンの尻ポケットに突っ込んだ。それを見とどけたうえで、モニカがおれの背後から離れる。多分、彼女は拳銃を持った手を挙げて、敵意がないことを羊男に示しているのにちがいない。そのまま後ずさっていった。

「死体だ。死体を片づけるのを忘れるな」羊男がかさにかかったようにいう。

フックの目を、チラリ、と凶暴な色がかすめたが、思い直したように肩をすくめ、キャラハンの死体を抱きあげた。その腕を自分の肩にまわし、酔っぱらいの面倒を見てでもいるかのように、ズルズルと死体を引きずっていった。

背後にドアを開閉する音が聞こえる。死んだ男の靴の踵《かかと》がポーチの継ぎ目に当たって鈍い音をたてる。それが遠ざかっていって、車のドアを開け閉めする音がした。それにつづいて外国車の強力なエンジン音が響きわたる。車は走り去っていった。

そのあいだ、おれはどうしていたか？　どうしようもない。じっとしていた。

なにしろ二十二口径の豆デッポウに散弾銃じゃ相手が悪すぎる。下手に動きでもしたら穴だらけにされるのが落ちだ。ビールの好きなおれがひびの入ったジョッキのようにされてしまう。

羊男はカウンターのうえに散弾銃を載せたまま、じっとおれを凝視している。これ以上のトラブルはご免こうむりたい、いい子にしてろ、ということだろう。むろん、そのつもりだ。いい子にしていた。

車のエンジン音が遠ざかっていってやがて消えた。二秒、三秒……とおれは頭のなかでカウントした。あまり時間がたつとモニカたちに追いつくのが難しくなってしまう。頭のなかで時計のネジがクルクルと回っているかのように感じた。

やがて羊男がにやりと笑って散弾銃をカウンターに置いた。そのときには、おれは自分の三十二口径をカウンターから取って、食堂を飛び出していた。

車に乗り込んでエンジンをかけた。乾いた地面にモニカたちの車のタイヤのあとが残っていた。それを目視しながら車をスタートさせた。

もうすぐ夕暮れだ。日が明るいうちに、タイヤのあとを追って、何とかモニカとフックに追いつかなければならない。しだいにスピードを上げていった。

乾燥した荒野に赤っちゃけた砂埃《すなぼこり》がもうもうと舞いあがる。その砂埃に徐々に夕陽の血のように赤黒い翳《かげ》が混じるようになった。コークスクルウに入る橋を渡ったときにはすっかり暗くなっていた。

ヘッドライトをともしたが、さすがにもう地面のタイヤのあとは視認することができない。多分、モニカたちはコークスクルウの町に入ったのにちがいない。そこで誰かに例の本を渡す手筈になっているのだろう。

必ずしも確信があるわけではなかったが、他に取るべき方法はなかった。このままコークスクルウに向かうしかない。

両側に、木々が鬱蒼《うっそう》と生《お》い茂った懸崖がそびえる峡谷に入った。梯子《はしご》のように細い坂道がつづいていた。

ふいに明かりのなかに数人の人影が浮かびあがった。狭い道路いっぱいにひろがって立ちふさがった。

このまま突破するのは難しい。彼らの何人かはライフルを持っている。明かりのなかにその長い銃身が影になって揺れている。よしんば強行突破したところで、背後からライフルを連射されれば、この狭い道ではどうにも逃げようがない。やむをえずブレーキを踏んだ。

男たちが明かりのなかを近づいてきた。どうやらメキシコ人のようだ。ソンブレロを被っていた。

正式な移民ではないだろう。多分、密入国者にちがいない。国境の町であればそうした密入国者がいても不思議はない。

メキシコの血なまぐさい革命の内乱からまだ日が浅い。が、だからといって、なかの何人かが弾帯を両方の肩から斜めにかけて武装しているのには驚かされた。なかには二挺の拳銃を腰に吊るし、さらにライフルを持っているやつまでいる。私兵というより、無法者の群れという印象が強い。

なかの一人、先頭に立っていた男が、サイド・ウインドウを軽くたたいて、指の先をクルクルと回して見せた。窓を開けろということなのだろう。

何挺ものライフルの銃口がおれに向いている。逆らうなど思いもよらない。

おれは窓を開けた。その男がおれの顔を覗《のぞ》き込んだ。

五十がらみの男だ。ソンブレロの下から乱れた白髪が覗いていた。煉瓦《れんが》のように手ごわそうな表情をしている。それもさんざん陽にさらされて灼《や》けるだけ灼けた煉瓦だ。砕くこともできない。

銀の縁《ふち》飾りのついた白い服を着ていた。おれはこれまで実物を見たことはないが、闘牛士が着るような派手な服だった。二本の弾帯をX型に肩から下げている。

「頼みがあるんだが、アミーゴ」と男は陽気な声でいった。「わしにこの車を貸してはもらえんだろうか」

「車を貸す？」

「そう、というか」男はにやりと笑った。「接収するといったほうがいいか」

おれは男を見て呆然としていた。その笑い顔に見覚えがあった。

キャラハンを追跡している途中、べつの調査員のバックアップの過程で、この男が捜査線上に出てきた。写真を見せられた。

「パンチョ・カランサ大佐……」

メキシコ革命でウエルタ政権に反抗して立ちあがった革命家の一人だ。が、ピンカートン探偵社の調査にあっては、彼が革命家であろうが、はたまた山賊であろうが、さして重要なことではない。

報告書において何より優先して書かれていたのはカランサ大佐はアンブローズ・ビアスを殺した人間かもしれないということだった。

5

アンブローズ・ビアスという男がいる。あるいは、いた、というべきか。

ジャーナリストであり、寸鉄人《すんてつひと》をさす警句作家であって、さらには怪奇にして幻想的な作品をものする短編作家でもあった。

ビアスは数年まえにメキシコに入って行方知れずになった。当時、メキシコは革命内乱のさなかにあって、いたるところで銃弾が飛びかっていた。多分、死んだのだろう。いずれにせよ、ビアスはすでにそのとき七十一歳になっていたから、歳に不足はない。

ビアスには『冷笑家用語集』という著作がある。ほかにも何冊か短編集があるようだが、おれは読んでいない。これからも多分、読むことはないだろう。ビアスの持ってまわったような文章はおれの好みではない。

安ホテルに泊まったときのために、彼の本を一冊持参しているが、まだ一ページも読んでいない。

ピンカートン探偵社の調査員は簡潔にして直截な文章で報告書を書くことを心がけなければならない。そうでなければそもそも上司は報告書を読んでもくれない。その意味でビアス流の高踏的な文章術からはほど遠い世界といっていい。

それだから、おれは『冷笑家用語集』しか読んでいないわけなのだが、職業がらか、なかでも「殺人homicide」の項が記憶に残っている。


殺人には四種類ある。すなわち、凶悪な殺人、恕《ゆる》すべき殺人、正当と認め得る殺人、賞賛に値する殺人

（『新編悪魔の辞典』ビアス著　西川正身編訳　岩波書店）

しかし、おれのように長くピンカートン探偵社で調査員をしていると、ビアスの「殺人」の定義はいささか単純すぎるきらいがあるように思う。おれの知るかぎり、「殺人」には少なくとも十種類以上はある。これが経験豊富な親父《オールドマン》であれば二十種類は数えあげることができるだろう。

凶悪でもなければ、恕すべきでもなく、正当とも認められず、賞賛にも値しない「殺人」——そう、一例として、たとえば「生け贄《にえ》としての殺人」は考えられないだろうか。

ビアスの死（失踪）には不可解な部分が多い。一九一三年十二月、メキシコのチワワからオヒナガに向かう途中で、消息を絶ってしまう。多分、メキシコ内戦に巻き込まれ、不慮の死を遂げたものと思われるが、その遺体はいまだに見つかっていない。どこか砂漠に葬られでもしたのだろうか。

ビアスが、一時、カランサ大佐の軍営に身を寄せていたのは、まぎれもない事実だ。その辛辣《しんらつ》な毒舌が大佐の逆鱗《げきりん》に触れたために処刑されたという可能性はある。その説は根強い。

しかし、べつの説もある。ちょっと信じがたい説ではあるのだが——それがすなわち「生け贄としての殺人」説なのだ。

メキシコの砂漠のどこかに「狂気山脈」と呼ばれる地域があるのだという。そこに「生け贄のテーブル」と呼ばれる巨大な平石があるらしい。その名称どおり、この平石のうえに人が縛りつけられ、ある「邪悪神」を招来するために生け贄としてささげられるのだという。ビアスもまたその犠牲に処せられたという噂があるのだった。

その「邪悪神」なるものがどんなものであるのかはわからない。名前を聞いたことがあるような気もするが（クトゥ――何とかといったように思う）、五分後にはもう忘れてしまった。しょせん、本気になって論じるべき話ではないだろう。

ただ、ビアスの死（失踪）に何か不穏なものが感じられるのは事実だ。どこか微妙に異常なところがある。

それを端的にあらわしているのは、ビアスがメキシコで消息を絶って以来、彼の知人、友人、門弟たちが何人もあいついで自殺している、そのことだろう。

ビアスと親交のあった写真家、詩人、ジャーナリストたちが、何かにとり憑《つ》かれたように次から次に自殺していった。最終的には十人近い人間がみずから命を絶っている……これを異常と呼ばずして何だろう。どうしてそんなことになったのか、それは誰にも説明できないことだった。

なにやら『ウイアード・テイルズ』にでも掲載されていそうな話ではある。どちらかというと、同じパルプ・マガジンでも、おれの好みは『ブラック・マスク』とか『スマート・セット』のほうなのだが。

しかし、おれの好みがどうあろうと、カランサ大佐がビアスを〝邪悪神〟にささげたといわれている人物であるのはまぎれもない事実なのだ。〝生け贄のテーブル〟に縛りつけて、その心臓をえぐり出した……。

では、どうしてビアスやカランサ大佐のことがピンカートン探偵社の報告書に記載されなければならなかったのか？　彼らがモニカたち三人の窃盗グループにどう関係しているというのだろうか。

それは、モニカたちがサンフランシスコ・某所から盗み出した「本」には、その「邪悪神」を招来するのに必要な呪文が記されているから、ということなのだが――

6

コークスクルウの広場に入ったとたんに武装したギャングたちに包囲された。

コークスクルウは神から見放されたような辺境の町だ。町というより、集落といったほうがいい。それも非常にちっぽけな集落なのだった。

雑貨屋、郵便局、食堂兼酒場、車の修理兼給油所、教会、あとはせいぜい数軒の民家が建っている程度なのだ。武装したギャングが十人もいればコークスクルウを占拠するのは難しいことではない。

カランサ大佐はあまりにうかつにすぎた。町に入ってワン・アーム・フックの姿を見たときに事態がこうなるだろうことを予想すべきだったのだ。

町の広場に馬車寄せのための木材が高く組みあげられている。血のように赤い夕陽からの連想か。まるで開拓時代の絞首台を見るかのようだった。

フックはその馬車寄せに吊るされていたのだった。頭上高く両手を縛りあげられ、横木に吊りあげられていた。足が地面から一メートル以上も離れていた。夕陽が射すなかに黒いシルエットになって揺れていた。

ぐったりとうなだれているところを見ると、かなり手荒いあつかいを受けたのにちがいない。体のどこかからポタポタと血が滴り落ちていた。

おれの車は大佐に接収された。接収、といえば聞こえはいいが、要するに強奪《ごうだつ》されたのだ。

カランサは、大佐とは名ばかりで、じつは山賊の親分だと思えば（事実、そうなのだが）、腹も立たない。たやすく腹をたてるようでは探偵商売はやっていけない。

カランサ大佐、それに二人の屈強な男、おれの四人が同乗し、コークスクルウに入っていった。

ほかの部下たちは町の外で待たせたのだが、これは大佐にとって幸運だったろう。武装したメキシコ兵が大挙して町に押しかければ即座にギャングたちと撃ち合いになってしまう。不意打ちにさらされた大佐の軍は皆殺しの憂き目にあったにちがいない。

「あれは」町に入り、車のフロント・ガラス越しにそれを見て、大佐は怪訝《けげん》そうにつぶやいた。「何だ？」

「いけない、引き返せ」おれはわめいたが、そのときにはすでに遅かった。

銃声が何発か重なるように聞こえてフロント・ガラスに白い弾痕が穿《うが》たれた。運転していた男は悲痛な声をあげて顔を両手で覆った。その指の間から鮮血がほとばしる。助手席の男はどこを撃たれたのかもさだかではない。声さえあげなかった。カクンと糸が切れたようにダッシュボードに顔を伏せてそのまま動かない。

ゆっくりと車がとまった。

「車から下りろ――」

鋭い声が聞こえた。

気がついたときには、家々の屋根といわず、路地といわず、武装したギャングたちが姿を見せていた。酒場のポーチにデブの中年男がゆっくりと姿を現した。チェックの仕立てのいいダブルを着て、ボルサリーノを被っていたが、なにを着て、なにを被ろうと、デブはデブだ。デブがデブ以外のものになるのは非常に難しい。

「ホワット・フォー・ファッツ……」その男を見ておれはつぶやいた。

ホワット・フォー・ファッツはサンフランシスコを縄張りにするギャングのボスだ。でぶっちょ《ファッツ》、は説明するまでもないと思うが、ホワット・フォーの異名のほうは説明の要があるかもしれない。

ファッツは若いころには腕ききの殺し屋だった。ある日、銃を突きつけられた相手が、命だけは助けてくれ、というと、驚いた顔になって、何のために《ホワット・フォー》、と訊いたという。それ以来、ホワット・フォー・ファッツ、の名で呼ばれるようになった。何のために、と訊かれて相手はどう答えたのか、いずれにせよ、その男が殺されることになったのは間違いないだろう。

じつはピンカートン探偵社の報告書によれば、モニカたち三人に、「本」の窃盗を依頼したのはファッツなのだという。もちろん、それがどんなに貴重な稀覯本であろうと、ギャングが「本」を必要とするはずがない。いずれ彼の背後にはしかるべき大物がいるのだろうが、ピンカートン探偵社の調査能力をもってしても、その黒幕が何者であるかまではわからなかった。

ファッツの背後にはモニカがいた。ファッツの情婦よろしくぴったりと寄り添っていた。どうやらファックを裏切って、ファッツに寝返り、その見返りとして「本」の代償を一人占めにすることに成功したらしい。フックが馬車寄せに吊るしあげられることになったのもそのためだろう。モニカは艶《つや》やかに笑っていた。牝豹《めひょう》のように美しいが、牝豹の何倍も獰猛《どうもう》だった。

カランサ大佐とおれはファッツに命ぜられるままに車を下りた。何人ものギャングたちに銃を擬《ぎ》せられていたのでは、逆らうことなどできようはずがない。

7

ファッツは嘲《あざ》けるように鼻を鳴らし、カランサ大佐か、といって、「本」を得意げにかざして見せた。

「これが欲しいか、ハッ!」もういい歳なのに何歳になってもチンピラのようにしか話せない男らしい。

「バーロー、てめーの思いどおりにさせるかよ」

カランサ大佐は石のように身じろぎしない。が、その表情がわずかに動いて、動揺を隠しきれずにいた。

「てめーがよ、こいつを――『悪魔の辞典』を狙ってるという話は聞いてるぜ。クトゥ――を招来するために何とかという作家を『生け贄のテーブル』にささげたそうじゃねーか、そうまでしたのに招来することができなかった。ハッ! いいざまじゃねーか。てめーはクトゥ――のパワーを獲得することができなかった。それでやっぱりクトゥ――を招来するのには『悪魔の辞典』がなければならないことを思い知らされた。ハッ! 図星だろうよ、そうじゃねーか」

ファッツは下品な巻き舌で一気にまくしたてた。彼の発音が不明瞭だからか、どうあってもクトゥ――何であるのか、それを聞き取ることができない。そのことにどうにも歯がゆい思いがした。

が、ファッツが「本」を『悪魔の辞典』という名で呼んでいるらしいことを知ったのは収穫だった。もちろん「本」の正式な名称はべつにあるが、ファッツなりに思うところがあって、それを『悪魔の辞典』と呼んでいるのにちがいない。こいつは使える、こいつを利用しない手はない、と思った。

ファッツは得々として話をつづけた。

「クトゥ――を招来させるにはそれに適した日時を選ばなければならねえ。うかうかしてるとその日時を逃してしまう。やきもきしているうちにサンフランシスコで『本』が盗まれたという噂を聞いた。誰かがクトゥ――を招来しようとしているらしい。それでてめーは居ても立ってもいられずにアメリカに越境してきたわけなんだろうよ。『狂気山脈』もそうだが、コークスクルウにもクトゥ――を地上に導く通路がある。それでコークスクルウに来れば何とかクトゥ――のパワーを自分のものにできるんじゃねーかと思ったた。ハッ！　そうは問屋がおろすかよ。みすみすソンブレロ野郎にクトゥ――のパワーを横取りされてたまるもんかよ。クトゥ――を招来するまえに、おまえをあの世に招来させてやるぜ」

ファッツが笑う。得意満面で部下たちを振り返った。武装した部下たちもボスにへつらうようにゲラゲラと笑った。

が、じつのところ、ファッツが手放しで笑えるような状況ではなかったのだ。彼らは自分たちがいま、どんな危機にさらされているのか、そのことに気がついていない。

ファッツや彼の部下たちの背後――町のいたるところ、物陰から物陰をつたって、大佐の部下たちがひっそりと忍び寄ってきているのだった。人数こそ、ファッツの部下たちより少ないが、奇襲の利を利用すれば、どうにか互角にわたりあえるのではないか。

おれは視線を動かして、戦おう、と大佐に合図した。が、大佐は、おれが思った以上に慎重な性格であるようだ。慎重、あるいは臆病な性格というべきか。人数が劣勢であることに怖気《おぞけ》をふるったのかもしれない。その石のように硬い表情に変化はなかった。

こうなれば仕方がない。一か八かの賭けに打って出ることにした。どうせ大佐の手にあっても、ファッツの手にあっても、おれの命が風前の灯火《ともしび》であることに変わりはない。おれはピンカートン・オプなのだ。このまま座して死を待つのは性に合わない。

すばやく低い声で大佐にささやいた。「大丈夫だ、おれも『悪魔の辞典』を持っている。いざというときにはこいつを使えばあんたもあいつを招来できる――」

じつのところ、あいつというのが何であるのか、招来するというのがどういう意味であるのか、おれにしたところではっきりしたことを知っているわけではない。

本来であれば、そんなあいまいなことでカランサ大佐が動くはずはなかったろう。が、おれはそれをいうのと同時に背広の内ポケットから『悪魔の辞典』をチラッと取り出して見せたのだった。

もちろん、それがファッツのいう『悪魔の辞典』と同じものであるはずがない。おれはたまたまアンブローズ・ビアスの著作による『悪魔の辞典』を携帯していたのだった。退屈な夜にでも読むつもりだった。

大佐がその書名だけを見て勘違いしてくれることに望みを託した。大佐がビアスという作家の仕事にくわしくないことを願うばかりだった。

おれは失望せざるをえなかった。大佐の表情にはやはり何の変化もなかった。いや、そうではない。大佐の目がわずかに動いた。次の瞬間、その右手が振りあげられ、サッと振りおろされた。

殺し合いが始まった。

8

悪党同士をいがみあわせて自分一人が生き残るのがおれのいつものやり方だ。

が、今回ばかりは悪党の数が三十人ほど多すぎた。拳銃の数が二十挺ほど多すぎた。ライフルの数が十挺ほど多すぎた。トミーガンの数が五挺ほど多すぎた。そもそも手榴弾《パイナップル》など最初から不要だった。死人の数にいたっては数えるのも面倒なほどだ。

戦場は熱い。馬に喰わせるほどのおびただしい弾丸が宙を交叉してその擦過熱《さっか》が気温を上昇させる。が、この熱さは人を火傷《やけど》させるだけではおさまらない。人を殺さずにはおかない熱《ホット》さなのだ。

おびただしい波が押し寄せるように銃声がうねった。ギャングたちが射的場の的のように次から次に屋根から落ちてきた。山賊たちが薙《な》ぎ払われるように地にたたきつけられた。物陰から物陰に男たちが逃げる。が、どんなに逃げたところで、いずれは弾に追いつかれる。あるいは悲鳴をあげて、あるいは泣き声をあげて、地面に転がった。

そこかしこで手榴弾が爆発した。男たちが紙人形のように軽々と舞う。腕がもげた。足が飛んだ。首が引きちぎれる者さえいた。家が燃えはじめた。

給油所に引火した。真っ赤な火球を噴きあげて爆発した。長生きはするものだ。自動車が宙を飛ぶのを生まれて初めて見た。納屋に突っ込んでいった。何人かが火だるまになってあちこちを走りまわっていた。頭が青く燃えあがっているやつは多分グリースのつけすぎなのだろう。

血と内臓と脳漿《のうしょう》の大盤ぶるまいだ。コークスクルウが完全に地上から消滅してしまった。さすがのおれもゲップが出た。

だが、おれにしたところで、ただ振るまわれていたばかりではない。こちらも何発かは献上した、大佐とファッツの二人だけは、生かしておけばおれが安眠できない。どさくさにまぎれて念には念を入れ数発撃ち込んでやった。

しかし、仕留めるまえに、ファッツに呪文を（全部ではないが）唱えさせてしまったのは失敗だった。そのために見なくてもいいものを見せられることになった。考えなくてもいいことを考えさせられることになった。おかげで死ぬまで悪夢の材料にこと欠くことがなくなった。

誤解しないで貰おうか。こう見えてもおれはきわめて繊細な人間なのだ。いっそ優しい人間だといってもいいぐらいだ。人並みに悪夢にうなされもすれば、闇を怖がりもする。

悪党たちがあらかた片づいて、コークスクルウの町が炎に包まれた。フライパンにラードを焦がすような臭いをさせながら、いたるところ人間の体が燃えあがっていた。その炎の壁がゆらゆら揺れて、なにか一点、翳のようなものがさし、その翳がしだいに近づいてきた。

要領がいいというか、生存本能に優れているというべきか、モニカはいつのまにかちゃっかり、おれの腕にすがっていた。牝豹のように美しく、牝豹の何倍も獰猛な彼女が、このときばかりは幼女のような悲鳴をあげていた。

それはそうだろう。これには彼女でなくても悲鳴をあげずにはいられないはずだ。なにしろ死んだはずのキャラハンがよろよろと炎のなかを歩いてくるのだから。死人が歩いている《アンデッドマン・ウォーキング》、というやつだ。その蒼白で虚ろな表情が物凄い。

両腕を肩まであげて指を鉤型に曲げていた。その指に捕まったら、どんなめにあわされるか、想像しただけで総毛だった。逃げたいのだが、膝がガクガクと震えて、足が一歩も動かない。

「本」の威力は恐ろしいばかりだった。呪文を半分唱えただけで死人が生き返るのだから凄《すさ》まじい。すべて呪文を唱え、そのクトゥ――何とかというやつを招来することができたら、どんな事態が引き起こされるか、想像を絶するといっていい。

キャラハンは近づいてくる。ガラス玉のように虚ろな目には何も映っていない。それなのにその歩みには逡巡《しゅんじゅん》がない。ためらわずモニカに向かって近づいてくる。モニカに対する怨みが死体を動かしているらしい。おれの知るかぎりでは、キャラハンがモニカを裏切ったはずなのだが（であれば、キャラハンにモニカを怨む理由などないはずなのだが）、そこには何かおれの知らない事情が秘められてでもいるのだろうか。

キャラハンがモニカを見て何事かつぶやいた。その皺《しわ》だらけで生気のない唇がうごめくのを見るのが無性におぞましい。緑色のコケのような唾液がポタポタと滴り落ちた。

モニカが悲鳴をあげた。おれとしても悲鳴をあげたいところだった。

そのとき、べつの人影がキャラハンの背後に立った。フックだった。ひっそりと動いた。キャラハンの延髄《えんずい》に三十二口径の銃口を押し当てた。撃った。キャラハンの膝が萎《な》えた。そのままカーテンが床に落ちるように倒れていった。二度、三度、痙攣《けいれん》したが、すぐに動かなくなった。

フックはキャラハンには目もくれようとはしなかった。自分が何をやったかもほとんど意識していないように見えた。銃口をそのままモニカに向けた。そして、虚ろに低い声で、どうしてだ、と尋ねた。「どうしておれを裏切ったりしたんだ」

モニカは動じなかった。平然と落ち着いた声で応じた。「馬鹿ね、わたしがあなたを裏切ったりするわけがないじゃないの」

おれがフックだったらやはりモニカの言葉を信じたのにちがいない。モニカはどんなことがあっても男に彼女を信じたいと思わせるような女だった。

フックの目にフッと迷いが生じた。弱気が揺れた。その銃口がわずかにおれたちから逸れた。

哀れな野郎だ。おれはフックに同情せずにいられなかった。同情はしたが、同情されるほうには回りたくはない。一瞬の隙を見逃すようなことはしなかった。あまりに哀れな野郎だから、苦しまないように一発で仕留めてやった。

9

警察の車、それに消防車が何台も押し寄せてきた。サイレンの音が燃えあがるコークスクルウの町を包み込んだ。

モニカがおれの背中にソッと抱きついてきた。その乳房の感触がいつまでもおれの魂に残った。泣きたくなるほどに柔らかく優しい感触だった。

「わたしを逃がして」とモニカはおれにささやいた。「わたしはラビッド・モニカと呼ばれているのよ。ラビッドのように臆病だから、いつも悪い男にだまされてばかりいる。今度こそ更正してみせるわ。だからもう一度だけチャンスをちょうだい、お願い」

体のなかに激しくうねる衝動があった。おれはその衝動に耐えた。完全には耐えきれなかったようだ。おれの声はかすれていた。

「おれが聞いてる話は違うぜ。あんたのスリの腕は最高だそうじゃないか。ラビッドのように素早く獲物をスリ取る。だからラビッドと呼ばれているとそう聞いたぜ――」

モニカは、一瞬、息を吸い込んだ。その息をゆっくりと吐いた。かすかに笑った。

車がとまって保安官が下りてきた。おれたちに向かって歩いてきた。

彼女が伸びあがるようにしておれの耳に唇を寄せた。そして優しく、笑いを含んだ声で、ささやいた。

何でも、彼女によれば、おれはどうしようもない「私生児」で、おれのお袋は牝イヌなんだそうだ。

それだけをいうとモニカはさっさと保安官のもとに歩いていった。ただの一度も振り返ろうとはしなかった。

10

最後に蛇足を一つ――

どうやらラヴクラフトという男がその「クトゥ――何とか」の専門家であるらしい。彼によれば、紀元八世紀頃に、あるアラビア人が『ネクロノミコン』なる著作を発表したのだという。これこそが悪魔を招来する禁断の書であったらしい。

そのアラビア語の写本は早くから失われていたということだが――それについてラヴクラフトは一九二七年にこう記している。


――しかし今世紀にひそかに所有されていたものが一冊サンフランシスコにあらわれ、後に火災で失われたという漠然とした風説がある。

（「資料『ネクロノミコン』の歴史」『ラヴクラフト全集5』大瀧啓裕訳　創元推理文庫）

贖《しょく》罪《ざい》の惑《ほ》星《し》

1

異様な風景だった。

その原生林にはどんな規範もあてはまらないようだった。巨人が気まぐれに植樹して、できあがった原生林としか思えなかった。モミ、ツガなどの針葉喬木《きょうぼく》、クルミ、ブナなどの広葉樹、シデ、ニレなどの落葉樹――本来なら、それぞれに領土を画しているはずの多様な樹木が、混然となってひとつの原生林を形成しているのである。

樹木の色が風景をさらに異様なものに見せていた。総ての樹木が赤褐色に変色しているのだ。枯れているのではない。明らかに生命《いのち》を宿らせているのに、樹皮だけがきわだって変色しているのだ。

悪夢の森だった。終わりのない赤色の隧道《ずいどう》のなかを歩きつづける悪夢だ。

「審判だ……」と、田淵が呟いた。

「審判の日がやってきたのだ」

脇坂が不機嫌にライフルを抱え直した。その顔には田淵に対する嫌悪の表情が浮かんでいた。脇坂は経験豊かな狩猟家で、おそらくは優れた殺し屋でもあるだろう。そんな脇坂が、拝み屋・田淵の言葉に癇《かん》をさわらせるのも当然だった。

が、――私には田淵の言葉があながち戯言《たわごと》ばかりとも思えなかった。田淵や脇坂と違って、私にはいくらか植物学の知識がある。いま眼前に枝をめぐらしている樹木がどれほど異常なものであるか、その程度のことなら覚《さと》るだけの知識は持ちあわせているのだ。

古鱗木《こりんぼく》なのである。

樹皮が蛇の鱗のように見えることから、この名がつけられている。およそ四億年まえ、デボン紀の始めに地上に出現し、石炭紀には丈五十メートルの古鱗木がいたる所で大森林をかたちづくっていたといわれている。——この地にあるべき植物ではない。しかも原生林を進むにつれ、古鱗木はしだいにその数を増していくのだ。

「厭《いや》な木だ」脇坂が顔をしかめた。「見てると胸がむかつくような木だ」

いつになく、脇坂は感情を昂《たかぶ》らせているようだった。条理を逸した原生林に、さしもの冷静な殺し屋もいくらか怯えを感じているのだろう。樹木が相手では、弾丸を撃ちこんでみても徒労でしかない。

私もまた怯えを感じていた。古鱗木に加えて、メタセコイアやナンヨウスギまでがちらほらと見え始めたのだ。いずれも現生の例がないわけではないが、少なくとも日本のこの地で見られるような種類ではない。それぞれ第三紀、あるいは中世代に栄えた〝生きている化石〟なのだ。

いったい、この原生林に何が起こったというのだろう。

私はフッと鼻孔に異臭を感じた。私の足は自然にとまっていた。

「なんの真似だ？」

地にかがみこんだ私を見て、脇坂が不審げにきいてきた。

「タール・サンドだ」私は呻いた。「いや、こいつは原油そのものだ」

私の言葉で初めて、脇坂は地のぬかるみを意識したようだ。そのぬかるみが放っている異臭が、明らかに原油のそれであることにも気がついたらしい。

「こいつは凄い……」

私に習ってかがみこんだ脇坂は、狂的な光で眸《め》をぎらつかせていた。

原油を含む砂《タール・サンド》などとは言葉が穏当に過ぎるだろう。地表がそのまま原油に変質したかと思えるほどだった。私たちの掌が黒い粘液に汚れた。

原生林は瘴気《しょうき》を放っていた。ぬかるみはかなりの広範囲にわたってひろがっているらしい。眼につくかぎりの地表は、総て黒い粘液で覆われているのだ。

「先へ進めるかな」と、脇坂が言った。「下手すると、俺たちは原油の底なし沼に足を踏みこむことにもなりかねない」

「行ける所まで行ってみるべきだ」私は答えた。「この原油がどこまで滲み出ているか調べたい」

「石油などなんの役にたつ?」田淵が耳ざわりな声をあげた。「審判の時が近づいているというのに石油がなんの役にたつ?」

脇坂はゆっくりと田淵を見あげた。その眸に険が浮かんでいた。

脇坂にとって田淵はこの原生林で偶然出会った無用の人物である。あらためて田淵を痛めつける気持ちになったとしても不思議はなかった。

が――

「あれを見ろっ」

私の叫びに、田淵はあやうく危機を逃がれることができたのだ。樹木のかげに立っているものを見れば、私でなくとも叫びをあげたことだろう。

古鱗木のかげから、そいつは我々を見つめていた。一見して、カモノハシ恐竜の類であることが分かった。恐竜といっても、驚異を感じるほどの大きさではない。せいぜいが頭部まで二メートルぐらいだろう。吻部《ふんぶ》がアヒルの嘴《くちばし》のようにひろがり、頭頂にながい突起を備えているという醜怪な生き物だった。

「なんだ、あれは？」脇坂の声はかすれていた。

「日本竜《ニッポンリュウ》だ……」残念ながら、私の声も平静とはいえないようだった。「草食性のはずだから、危険はないだろう」

「いやらしい奴だ」脇坂は唸った。

「胸がむかついてくるぜ」

脇坂がライフルを使いたくてうずうずしているのは明らかだった。弾丸を節約する必要がなければ躊躇《ためら》わず日本竜を射殺していたことだろう。実際、二脚で立つ日本竜の姿は、誰を問わず殺意を抱かせるのに充分なほど醜かったのだ。

日本竜のほうでは我々に対してなんの害意も抱いていないようだった。ただその魯鈍《ろどん》そうな眼で、こちらを見つめているだけなのである。

「先へ進むか」私は脇坂を促した。

「…………」

脇坂は驚いたようだった。私がよほど剛毅《ごうき》な人間に思えたのだろう。

私は決して勇敢な男ではない。日本竜の出現には、脇坂以上に驚き、怯えきっているのだ。が、——時間が狂ったとしか思えないこの原生林には、私の胸に強く訴えかけてくるものがあった。単なる好奇心というのでは、言葉が充分ではない。それは、私の下意識《かいしき》に深くねざした、なにか激しい欲望のようなものらしかった。

「ああ……」脇坂は頷いた。「進むしかないだろうな」

脇坂にどんな欠点があろうと、少なくとも責任感に乏しい男でだけはないようだった。彼に課せられた任務は、この原生林における原油の埋蔵量を調べることにあるのだ。

日本竜に向かって、なにやらブツブツと呟いている田淵の背を押すようにして、我々はさらに進みだした。

脇坂の言葉ではないが、原油の底なし沼に足を踏みこんでしまう危険は充分に考えられた。私は折れ枝を杖替わりにして、ぬかるみの硬さを測りながら、一歩一歩を慎重に進めた。

原生林は植物大発展期・石炭紀の森林と同じ様相を呈し始めていた。巨大な古鱗木が生い茂り、互いにからみあい、自然の天蓋《てんがい》をかたちづくっているのだ。我々は巨人の森を進む小人の探険隊だった。この原生林で、脇坂の持つライフルがどれだけの威力を持つか、非常に疑問だった。

「おかしいな」脇坂が首をひねった。「この原生林はこんなに深かったかな」

我々はすでに三時間以上を歩いていた。地図のうえでは、もう原生林をつっきって、南アルプスの山容が見え始めてもいい頃だった。

——同じ場所をグルグルまわっているのではないか。

厭な想像にとらわれた私は、慌ててポケットから磁石を取りだした。同じ疑いを抱いていたらしく、脇坂も傍らから私の磁石を覗きこんできた。

田淵一人が先へ歩くことになった。

「わッ」

我々からほんの数メートル離れた地点で、田淵は股まで地に呑みこまれた。その大声に顔をあげた我々は、あたふたとしている田淵の様子に笑いだしそうになり——そして、その笑いを悲鳴に変えた。

深いぬかるみのうえを、なにかとてつもなく巨大なものが田淵に向かって這い進んでくるのだ。

「ワニだっ」

脇坂はそう叫びざま、ライフルの槓杆《ボルト》をひいた。狩猟家の脇坂にとって、草食性の日本竜より、肉食性のワニのほうがより近しく、安心できる相手に違いなかった。どうして日本にワニがいるのかという疑問など獲物を前にしてはまったく浮かんでこないのだろう。

が、——私にとっては、そのワニは日本竜に等しく驚異であった。身長が優に八メートルを超すそのワニは、かつての日本に生息していたマチカネワニだったのだ。またひとつ時間の狂いが、古生物の形をとって表れたのである。

私は田淵の胴に腕をまわして、必死にその躯をぬかるみから引きずりあげようとした。だが、恐怖からか田淵が手足をバタつかせるため、なかなか思うように力を入れることができなかった。審判の日をうけ入れたはずの田淵も、さすがにワニの腹にだけは収まりたくないようだった。

ワニはつい三メートルほど先にまで迫っていた。なぜ脇坂はライフルを発射しようとはしないのか。ワニはサーベルに似た牙の並ぶ顎をパックリと開いていた。

——いつから俺はこの悪夢のなかに足を踏み入れてしまったのか。……

私は痺れるような恐怖のうちに、そう自問を繰り返していた。そう、ある意味では、乃里子に出あった時から悪夢は始まっていたのかもしれない。……

2

水島乃里子は私と同棲していた女だ。知り合った翌日には一緒に暮らし始め、半年後には姿を消してしまった女だ。

冷淡なようだが、私は乃里子の失踪《しっそう》にはさほど驚きはしなかった。乃里子との別れをなかば予感していたからだ。乃里子はいつ姿を消しても不思議ではない、奇妙に希薄な印象を与える女だった。

——私は競馬場で乃里子と知り合った。灼熱したレースの後の、寂寥《せきりょう》としたスタンドに、彼女はひとり腰をおろしていたのである。

虫の四肢をもぐ幼児の熱心さで、彼女は馬券をちぎっては捨てていた。捨てられた馬券が、はるか下のスタンドでタバコをくゆらしていた私の足元にまい落ちてきた。

大穴と呼ぶのも愚かしい、少しでも競馬をかじったことのある人間なら買うはずのない馬券だった。競馬にまったく無知な人間か、それとも金をドブに捨てることに暗い情熱を覚える人間でなければ、絶対に買うはずのない馬券だったのだ。

私もまたその馬券を買ったひとりだった。そして、自分を嘲《あざわら》うような気持ちで、レースを見つめていたのだ。それが、私の競馬の楽しみ方だった。

私はスタンドを見上げ、始めて乃里子の姿を認めた。灰色の風景に、赤いコートを着こんだ彼女の姿は、ひどく鮮烈に映えていた。

私はスタンドをゆっくりと登り、彼女をお茶に誘った。

その夜、私たちは関係を持ち、翌日には私のほうから彼女のアパートに転がりこんだのだった。

ロマンチストなら、私たちを評して、孤独な男女が肩を寄せあったというかもしれない。が、——ありていに言えば、私たちは互いのうちに自分と同じ体臭を嗅ぎだしただけのことなのだ。それは、孤独などという甘やかな言葉とは関係のないことだった。

私はある小さな芸能プロに勤めていた。スターと呼べそうな歌手はひとりだけで、年端もいかないその娘に、私を含めた大の男が何人も寄生していたのだ。私には一応マネージャーという肩書がついていたが、やっていることは淫売屋の主人と変わりなかった。恐ろしく汚い仕事だったが、私は仕事を選んでいられる身分ではなかった。時間がかなりに自由であることを、気にいってさえいたのである。

乃里子はバーのホステスをしていた。髪の毛を長く伸ばし、眸に奇妙な色気をたたえた乃里子は、一般的には美人の部類に入るだろう。だが、彼女が身辺に漂わせているある種の倦怠感《けんたいかん》が、容易に客を近づけさせなかった。決まった客がつくようになると、彼女は店を替わった。——男嫌いなわけではなく、乃里子はおよそ男につくしたりつくされたりする女とは正反対なタイプだったのだ。

一緒に暮らすようになってからも、乃里子が私に貞操《ていそう》を通しているとは思えなかった。彼女が部屋に帰らない夜は幾晩もあったのだ。私もまた、タレント志望の汗くさい小娘とベッドを共にすることがよくあった。

私たちの間に嫉妬《しっと》などという感情が存在するはずはなかった。私たちの関係はそんなものではなかったのだ。

うちあけてしまえば、私たちを結びつけていたのは、互いのうちにある激しい自殺願望だったのだ。乃里子は私の過去を訊こうとはしなかったし、私もまた彼女の過去はいっさい知らない、それでいて、相手が蔵している激しく暗い願望を、互いに確実に嗅ぎとっていたのだ。

男にとって、誇りも情熱も持てない仕事をつづけていくことは、それだけでゆるやかな自殺行為といえる。その意味で、乃里子のほうがより直裁的な自殺願望者だったかもしれない。私は乃里子の右手首にひきつった傷跡が残っているのを目撃していた。

「〝滅びてしまう教〟というのを知ってる？」

ある夜、乃里子がそう尋ねてきたことがあった。

「いや」私は首を振った。「新興宗教かなにかか」

「新しくはないわね。室町時代に起こった宗教だもの」

〝滅びてしまう教〟という名から、私はその教義をいかほどか推察することができた。室町時代は戦乱の絶えることのなかった時代だ。この時代の日本人は、およそありとあらゆる悪を体験しなければならなかったのである。――そんな時代に、宗教が、それも著しく厭世《えんせい》的な宗教が生まれるのも当然だったろう。

「滅んでしまえと人々に説いたわけか」私は冷笑的になっていた。

「そうよ」と、乃里子は頷いた。

「宗祖は人々に自殺を勧めて歩いたそうよ」

「ほかにも例がないわけじゃない」

「でも、今もその教えを信じる人たちが残っているのは、〝滅びてしまう教〟だけじゃないかしら」

「残っている？」

「そうだわ。どこかの山裾で、〝滅びてしまう教〟を信じる人たちが寄り集まって、村をつくっているときいたわ。自殺の決心がはやくつくよう毎日お祈りしているんだって……」

「…………」

私はようやく乃里子が何を言っているのか理解することができた。彼女は〝滅びてしまう教〟に加わりたいと考えているのだ。

「その村がどこにあるのか知りたいわ」乃里子はなかば独り言のように呟いた。

「本当に知りたいわ」

――乃里子が失踪したのは、それから一月《ひとつき》後のことだった。

私は乃里子をさがすべきだったかもしれない。少なくとも、乃里子が戻ってこないとはっきりした段階で、警察に捜索願いだけでも出すべきだったかもしれない。失踪した人間に自殺の恐れがあるとしたら、それが世間の常識というものだろう。

が、――私は乃里子の失踪に関しては、まったく無為に日々を過ごした。死を決意した人間を、何人といえどもとめる権利はないはずだと思ったからだ。乃里子と同じ性情を持つ私にとって、それはほとんど生理的な信念だといえた。

うがって考えれば、黙って姿を消したことが、乃里子の私に対する精いっぱいの愛の表現だったといえるかもしれない。

私は荷物をまとめ、乃里子の部屋を出た。

――乃里子が失踪してから二週間が経過した。

その日、私は赤坂のテレビ局で仕事があった。仕事といっても、チンピラ・タレントの売り込みで、三十面さげた男のすべき仕事とはいえなかった。追従《ついしょう》と哀願が適度に混じった会話がひとしきりつづいた後、私は再会を約して、歌謡番組のディレクターと別れた。なにかと噂の多い男で、某芸能プロダクションにマンションまで買わせたと囁《ささや》かれているディレクターだった。

私が柄でもない自己嫌悪に陥るのは、決まってこんな仕事の後だった。

「尾崎さん……」

テレビ局の廊下で、私を呼びとめる声があった。

振り返った私の眼に、廊下を小走りに駆けてくる田淵時夫の姿が映った。

私は意外だった。田淵とは面識こそあれ、これまでろくに言葉を交わしたこともない間柄だったからだ。

――田淵もある意味ではタレントのひとりといえた。テレビに顔を出す回数は、そこらのタレントよりずーっと多いのである。

田淵はUFOを呼びだすことができ、宇宙人と話を交わしたことさえあるというふれこみの、いわゆるコンタクトマンのひとりであった。テレビがUFOの特集番組を組む時、必ず顔を出すのがこの人物である。世故にたけ、売り込みのうまさは抜群だといわれている。

「ちょうどよかった……」田淵はニヤニヤ笑いを顔に浮かべていた。

「あんたに話があったんだ」

「なんでしょう」

私は警戒せざるをえなかった。

「ちょっと立ち話じゃね……」田淵はもうそれが習い性になっているらしく、ひどく勿体《もったい》振《ぶ》った言い方をした。

「お茶でも一緒に飲まないか」

「人と会う約束があるんだけど……」

私は嘘をついた。実際、企画の持ち込みならおかど違いというものだ。

「それは残念だな」田淵はいやしげな笑みを浮かべた。「水島乃里子という女性について訊きたいことがあるんだけど……」

「………」

私は表情《かお》がこわばるのを感じた、仕事の関係者に乃里子を紹介したことなど一度もなかったし、噂にしても田淵が彼女の存在を知るはずがなかったのだ。

「彼女がどうかしたんですか」

「あんたの恋人だろう」田淵は秘密めかして声を低めた。「なんでも家出したそうじゃないか」

「あんたには関係のないことだ」

「僕が乃里子さんの居所を知っているとしてもかね」

「………」

田淵のからみついてくるような態度が不愉快で、私は口を閉ざした。乃里子がどこでどうしていようと、私にさほどの興味があるはずはなかった。――が、田淵は私の沈黙を自分の言葉に驚いた結果ととったらしく、

「彼女は〝滅びてしまう教〟という教団に加わっているんだ」

さらに躯をすり寄せてきて、こう囁きかけてきたのだ。

「ご存知かどうか、〝滅びてしまう教〟はちょっと変わった宗教団体でね。数少ない信者が、ひとつの村に肩を寄せあって、互いに自殺を勧めあっているんだ。まあ、典型的な終末型の宗教団体だといえなくもないな。

いかにもテレビに相応《ふさわ》しい素材に思えたんでね。ちょっと取材しかけたんだが、なにぶんスクラムがかたくてね。思うように取材することができなかった。そうしたら、つい最近、珍しいことに女性の新加入者があって……面白そうなんで調べてみたら、彼女の名は水島乃里子、東京でバーのホステスをしていた女で……」

「人と会う約束があると言ったはずだ」

私は田淵の饒舌《じょうぜつ》を遮った。自分でも声音の険しくなっているのが分かった。

「どうしたんだ？」田淵はきょとんとした表情になった。

「何を怒っているんだ？　乃里子さんのことをききたくないのか」

この種の人間にその無神経さを指摘しても無駄だった。つかまった私が不運なのだ。

「忙しいんでね」私はため息をついた。「できたら、結論から先に言ってくれませんか」

「それは失敬した」田淵の眼にいかにも狡《ずる》そうな光が浮かんだ。

「〝滅びてしまう教〟というのは実に閉鎖的な団体でね。村に潜《もぐ》りこむのさえ容易じゃないんだ。そこで、あんたに頼みたいんだが……どうだろう？　乃里子さんを通して、俺が取材できるようにとりはからってはくれないだろうか」

むしのいい頼みというべきだった。ほかの人間の頼みでも、私はそくざに断っていたことだろう。それが田淵だとしたらなおさらのことだ。

私は適当に言葉をつらねて、田淵の頼みを退けた。そして、田淵と別れて、再び廊下を歩きだした。

――もう一度だけ乃里子と会うのも悪くないな……

フッとそんなことを考えたのを憶えている。

――雨が降っていた。私はタクシーをおりて、M物産の社屋を見上げた。M物産の十二階建てのビルはたかく、雨のなかに肩をそびやかしている巨人のように見えた。

M物産は全世界に支社を持つ、日本でも有数の総合商社である。その年商は天文学的な数字に達し、政界首脳部の首をすげかえるのも不可能ではないほどの力を備えているといわれている。――本来なら、私のような男が一生関係するはずもなかった大企業なのである。

昨日のことだ。

M物産の秘書室長と名のる男から、私に電話がかかってきたのである。重役である豪田某という人物が私に面会を望んでいる、との電話だった。電話の男の態度は慇懃《いんぎん》無礼《ぶれい》そのものだったが、私はその要求を拒むわけにはいかなかった。――M物産はその傘下にレコード会社を持っている。M物産を怒らせれば、私が所属している芸能プロなどたちどころに潰されてしまうのは眼に見えていた。

「お伺いします」

私はそう答えるしかなかったのである。

――M物産の重役が私にどんな用があるというのか。……みっともない話だが、私はさもしい期待を抱かないわけにはいかなかった。重役室へ案内されながら、私の掌は軽い興奮に汗ばんでさえいた。

「わざわざ足を運んでいただいて恐縮でした」豪田は私に向かって会釈《えしゃく》した。

豪田という姓から私が予想していたのと、まったく異なる人物であった。長身痩躯《そうく》の、なにか英国の名優を連想させるような人物だったのだ。その双眸《そうぼう》の鋭い輝きは、彼が並々ならぬ知性の持ち主であることを窺《うかが》わせた。その銀髪がみごとに黒いスーツに映えていた。

「ご用件は？」

重役室の豪奢《ごうしゃ》な雰囲気が、私を性急にさせていたようだ。

「うむ」豪田は組んだ両手をデスクに置き、軽く頷いた。

「あなたは〝滅びてしまう教〟という名をきいたことがありますか」

「…………」

私は眉をひそめた。田淵からその名をきいてからまだ一週間とはたっていなかった。私の意志如何《いかん》にかかわらず、〝滅びてしまう教〟は急速に私の運命に接近し始めたようだ。

「名前をきいたことはありますが」と、私は答えた。

「それがどうかしたのですか」

「〝滅びてしもう教〟の信者たちがどこに村をつくっているかは知っていますか」

「どこかの山裾だとか……それ以上のことは知りません」

「南アルプスの近くです」

「南アルプス……？」

「ご存知だと思います。南アルプス北部山域から入って、熊木川を溯《さかのぼ》って……」

豪田はある地点を説明した。それはかつて私の運命に酷く関係した地点であった。二度とは想いだしたくない場所だったのだ。

「…………」

私は自分の唇から血のけがひいているのを感じていた。

「ご不快だとは思いますが……」豪田は同情するように言った。

「私たちはあなたの経歴を調査させていただきました。あなたはかつてK県のある高校で生物の教師をなさっていた。三年前の夏、あなたは数名の生徒を引率して、南アルプスへ入られた。そして……」

「俺だけが帰ってきた……」私の声は地獄の呻きのように響いたろう。

「今あなたがおっしゃった地点の近くにキャンプを張った。翌朝起きてみると、生徒の姿は一人も見えなかった。俺は狂ったように生徒たちを探し歩いた。……近くにちょっとした原生林があった。生徒たちはそこに迷いこんだとしか思えなかった。俺は探して、探して……」

「ついに発見することができなかった」

「…………」

私に何を言うことができたろう。その事件は私の人生にうちこまれた巨大な楔《くさび》だった。教師の職を追われた私は、それ以後なにも信じられない男にと変貌していくのである。自殺に踏み切ることができる日をただ待ちつづけているだけの男に変わってしまうのだ。

「〝戻らずの森〟です」豪田が囁くように言った。

「え……」

「その原生林は〝戻らずの森〟と呼ばれています。富士の樹海と似ているようだがちょっと違う。……その森は近づいた人間に自殺を勧めるというのです。だから、死を欲した人間はその森に引き寄せられていく。高校生といえば、感受性の最も敏感な年頃だ。あなたの生徒さんたちは〝戻らずの森〟の犠牲になったと考えるべきでしょう。〝滅びてしまう教〟の教義を考えれば、信者たちがその森のちかくに村を定めたのも不自然ではないでしょう。〝戻らずの森〟はある意味では彼らの聖地《メッカ》なのですから……彼らがその地に村を定めたのは、ちょうど武者小路実篤《むしゃのこうじさねあつ》が『新しき村』を開いた時期と同じ頃です。『新しき村』との比較で、当時の新聞なんかにはそうとう騒がれたらしい」

「〝戻らずの森〟……」

私は痴呆《ちほう》のように呟いた。その森が呑み込んだのは、私の生徒たちの生命だけではない。乃里子をも奪い取っていったのだ。――私の人生は〝戻らずの森〟に翻弄《ほんろう》されているといえた。私の胸に自殺ではなく、殺意に似た感情が浮かんだのはその時が最初だった。

「妙に思われるかもしれないが、私たちは〝戻らずの森〟を手に入れたいと考えています」と、豪田は言葉をつづけた。

「〝戻らずの森〟を手に入れる？」確かに、意外な言葉だった。

「ええ……」

「なぜですか」

「石油です」

「…………」

「あの森から非常に有望なオイル・サンドが発見されているのです。ちょっと信じられないぐらいに有望な、ね。地質のことからいっても、あそこに石油が埋蔵されているわけはないのだが……事実は事実ですからね。ところが、詳しい調査をしようにも、今あそこら辺一帯にはたやすく足を踏み入れることはできなくなっている」

「どうしてでしょう？」

「分かりません」豪田は首を振った。「ただ最近あそこらで何かが起こったらしい。なにか異常なことが……自衛隊が〝戻らずの森〟一帯を封鎖しているのです。何人といえども立ち入ることを許されていないらしい」

「そういうことですか」私は豪田の眼をまっすぐに見つめた。

「つまり俺に道案内をしろと言われるわけですね」

「お願いできますかな」

その時初めて、豪田の双眸に一流実業家らしい鋭い光が宿った。

「自衛隊の眼をくぐって、〝戻らずの森〟に潜入するには、あそこの地形を知悉《ちしつ》している人間の案内が必要なのです。むろん、あなたにはそれ相応の報酬をお約束しますが……」

「おひきうけします」と私は頷いた。

石油のためでも、豪田のためでもなく、私自身のために〝戻らずの森〟を訪れる必要があったのだ。

「結構……」豪田は微笑を浮かべた。「それではさっそくですが、あなたに同行していただく男を紹介しましょう」

豪田はインタフォンに顔を寄せて、「脇坂を呼んでくれ」と命じた。

私は窓の外に眼を向けた。

降りつづける雨は、東京の街を暗く、暗く閉ざしていた。

3

三年前、生徒たちを遭難させてから、私はまったく登山とは関係していない。その三年間のブランクは、確実に私から体力を削《そ》いでいたようである。

熊木川を溯り始めた頃から、私の歩調は乱れ、息がきれるようになっていた。かつてはただただ美しく見えた駒ケ岳―仙丈岳の山容も、今はもう無慈悲な山塊《さんかい》としか眼に映らなかった。

「だらしないじゃないか」脇坂が舌打ちするような口調で言った。

「すぐに昔の調子をとり戻すさ」私はそくざに言い返した。

私は脇坂の同情をひきたくはなかった。この中年男が弱者に我慢できない、仮借《かしゃく》ない性格の持ち主であることはよく分かっていたからである。――豪田が脇坂を私の同行者に選んだのは、必ずしも彼に地質学の知識が備わっているからばかりではなさそうだ。脇坂がベテランの狩猟家、とりわけ人間をしとめるのに長《た》けていそうなことが、彼が選ばれた理由ではないだろうか。

私たちは熊木川から、さらにその支流を溯った。札掛《ふだかえ》を出発した時には未だ陽も昇っていなかったが、今はもう正午を過ぎようとしていた。実際、どんな暗い情熱が、〝滅びてしもう教〟の信者たちを、こんな山奥に棲まわせたのか腹だたしく思えるほどだった。

なかばへたばりかけている私に比して、脇坂の歩調はよどみのないみごとなものだった。急がず、遅れず、脇坂は一定の歩調を保って、着実に前進していた。脇坂が私に倍する荷物を背負い、手にはライフルまで持っていることを考えれば、そのスタミナには感嘆せざるをえなかった。

――ふいに脇坂が足をとめた。額の汗をぬぐうと、ポケットから地図をとりだした。

「もうそろそろ〝滅びてしもう教〟の村が見え始める頃だが……」

脇坂が地図を調べている間、私はボンヤリと辺りを見廻していた。完全に忘れていたつもりでも、やはり久しぶりの山は私を興奮させていたようだ。心地よい、生きているのも悪くないと思わせる興奮だった。

「隠れるんだ」

とつぜん脇坂が私の腕を掴んだ。

「え？」

「いいから隠れるんだ」

脇坂にほとんどひきずられんばかりになって、私は藪《やぶ》のかげに転がりこんだ。脇坂も私の傍らに身をひそめた。

その時になってようやく、私は脇坂の動転の理由《わけ》を覚ることができた。人の話す声がきこえてくるのである。いよいよ私は脇坂の優秀さを認めないわけにはいかなかった。

樹葉のかげから姿を現したのは、緑の迷彩服に身を包んだ、一眼でそれと知れる自衛隊員たちだった。二人連れの自衛隊員たちは低声で会話を交わしながら、ゆっくりと視野を横切っていった。南アルプスと自衛隊員という組み合わせの奇妙さもさることながら、彼らが全身で示している極端な緊張ぶりが、私にはひどく異常に思えた。

「間違いない……」と、脇坂が呻くように言った。

「村はこのすぐ近くだ」

――村はすぐに見つかった。いや、もう村とはいえなかった。廃村と呼ぶのも愚かしいほど、〝滅びてしもう教〟の村は荒廃をきわめていたのである。

陽炎《かげろう》に似ていた。初夏の明かるい陽ざしの下で、村は奇妙に実在感を喪失して見えるのだ。人の気配がまったく感じられないせいかもしれなかった。

わら葺《ぶ》き屋根の家は十戸を数えた。その悉《ことごと》くが朽ちていた。屋根すら完全に原型を保っているものはなかった。徹底した腐蝕は、かつて村に人が住んでいたその最後の痕跡《こんせき》まで奪いさっていた。

私と脇坂はとっさには言葉もでなかった。思いがけず墓地に遭遇した時の怯えと困惑が、我々をながく自失させていたのである。

「なんだ？　これは……」ようやく脇坂が口を開いた。

「何があったんだ」

「…………」

私は返事をしなかった。私の脳裡には白く乃里子の顔が浮かんでいた。

やはり、この場合にも脇坂のほうが実際家だった。彼は荷物を地におろすと、ライフルを持ち直して、ゆっくりと村に向かって歩きだしたのである。私も彼の後に従うしかなかった。

最初の家に入ってみた。内部は外観に増した荒廃を見せていた。垂木が落ち、壁床は大きく割れていた。土台がほとんどむきだしになっているほどなのだ。

「見捨てられた村か……」私は呟いた。

「違うな」脇坂が首を振った。

「違う？」

「この村を荒廃させたのは時間じゃない。誰かがぶち壊したとしか思えない」

「誰がぶち壊したというんだ〝滅びてしまう教〟の連中か」

「たぶんな」

「なんのためにだろう」

私はそう呟いたが、むろん脇坂の返事を期待しているわけではなかった。脇坂に限らず、誰にも分かるはずのないことなのだ。

鬼気に似たものが私を侵していた。正常な神経の持ち主なら、この村に足を踏み入れるのにはとても耐えられなかったろう。私にもやはりこの村は耐え難かったが、それでいてどこか安らぎに近い思いをも抱いているようだった。私にはその感情がなにに由来するものか分からなかった。

床にあがって、奥の部屋を覗きこんでいた脇坂が戻ってきた。

「この家にはなにもない」脇坂は言った。「次へ移ろう」

脇坂はなにか強迫観念に似た思いにつき動かされているようだ。ながく銃だけを頼りにしてきた彼の人生が、不合理なものの存在を許さなくなっているのだろう。彼はなんとしてでもこの村が廃村になった原因をつきとめるつもりらしかった。

我々は肩を並べて外へ出た。

外には明かるい光が満ち満ちていた。その明かるい光の下で、村はいよいよ暗く、奇怪なものに映った。

ふと靴のつま先になにか触れるものを感じた。私は反射的に下を見て、思わずとびすさった。

「どうしたんだ？」脇坂が訊いてきた。

「ネズミだ……」

ネズミごときに大の男が怯えるなど莫迦げているかもしれない。が、——私の表情は確実に蒼ざめていたはずだった。

そのネズミはなかば死にかけていた。尋常な死に様ではない。ネズミの躯が溶けかかっていたのである。——ネズミは半身をなにか黒いドロリとした液に漬けていた。その液から上半身を反らして、悲しげにチュウチュウと鳴いているのだ。

私は吐き気を感じた。脇坂の眼がなければ、実際に吐いていたかもしれなかった。

「そのネズミがどうかしたのか」脇坂は不審げだった。

「分からないのか」私は呻いた。「溶けかかっているじゃないか」

「莫迦を言うな」と、脇坂は冷笑した。「なにかに足を潰されて、血をだしているだけじゃないか」

「…………」

私は眼を凝《こ》らした。確かに、脇坂の言うようにも見えないことはなかった。だが、私の眼にはなおそのネズミは溶けかかっているように見えた。

脇坂はネズミには興味がないようだった。彼は私に背を向けると、ゆっくりとした歩調で次の家の探索に向かった。

私はそのネズミから離れかねていた。村に対するのと同じ感情が私のうちにあった。嫌悪感とないまぜになった奇妙な安らぎを感じていたのだ。どうして溶けかかったネズミに安らぎなどを感じたりするのか。

「来てくれないか」ふいに脇坂の声がきこえてきた。

「誰かいるらしい」

反射的に乃里子の顔を思い浮かべた。知らず、私は駆けていた。乃里子がどれほど得難い女であったか、私はこの村に来て初めて覚ったのだった。

脇坂はとある家の前に立ち、なかを覗き込んでいた。私は彼を押しのけるようにして、暗い家のなかを窺った。なるほど、土間の隅に何者かうずくまっている影が見えた。

「乃里子か」

私は声をかけた。

ピクリとその影は動いた。そして、ゆっくりと腰をあげると、入り口に向かって近づいてきた。白い陽光がその顔を浮かびあがらせた。

「あんたは……」私は絶句した。

こんな場所で会うことになるとは予想だにしていなかった人物だった。それは、――自称コンタクトマンの田淵時夫の顔だったのである。

「知りあいか」

脇坂が意外そうに尋ねてきた。

「ああ……」私は頷いた。

頷きはしたが、しかし田淵のほうが私を知りあいと認めているかどうか疑問だった。田淵の私を見る眼には、どんな輝きも浮かんではいなかった。その口もだらしなく弛緩《しかん》させていた。それは、明らかに常軌を逸した者の持つ表情《かお》だった。

「田淵さん……」私は彼の肩に手をかけた。

「一体この村はどうなっちまったんだ？　あんたはどうしてこんな所にいるんだ？」

が、――田淵の表情にはどんな変化もなかった。狡猾《こうかつ》で、利を覚るのに敏だったあの田淵時夫が、まるで植物のように無機的な眸をしていた。私の言葉を理解すらできなかったのかもしれない。

「どけ……」脇坂がライフルで私を押しのけた。

「俺がこいつの口を開かせてやる」

その言葉が終わらないうちに、もう脇坂はその掌をひらめかせていた。田淵の頬が音たかく鳴った。田淵は頭をのけぞらせて、小さな悲鳴をあげた。

「正気に戻るんだ。おっさん」脇坂は田淵の胸ぐらを掴んで、グイッと自分のほうに引き寄せた。

「正気に戻って、その口を開くんだ」

ずいぶん手荒な方法だが、しかし苦痛に無関心でいられる人間は少ない。田淵の眼に初めて意識の光が宿った。最初は苦痛からくる怯え、次には外界に対する関心と、その眼の光は如実に意識の変化を示した。

「……あんたか」田淵はようやく私を認識したようだった。

「どうしてあんたがこんな所にいるんだ？」

私は苦笑せざるをえなかった。それは、私がついさっき田淵にしたのとまったく同じ質問だったからである。

「こちらのことは後だ」脇坂が言った。「それより、この村がどうしてこんなことになったのかを説明しろ」

「村？……」田淵はボンヤリとした眼で周囲を見廻した。

「そうだ。村だ」脇坂は辛抱《しんぼう》強く言った。

「村には誰もいない。そのうえ、誰かにひどく壊されている。どうしてこんなことになったのか説明しろ」

「天啓だ……」

「なんだと」

「この地にいる総《すべ》ての人間に天啓がもたらされたのだ」田淵の声は熱にうかされているようだった。

「滅びろ、と……今こそ審判の日がきた、星辰がそろったのだ、と……。だから、人々は家を壊し、滅びへと走ったのだ」

脇坂の眼に凶暴な光が走った。脇坂のような男には、田淵の言葉はおよそ我慢できないものに違いなかった。脇坂はまったくの現実主義者なのである。

「乃里子はどうなったんだ？　乃里子も滅びへ走ったというのか」

私がそう言葉をはさまなければ、田淵は再び脇坂に殴られるはめになったことだろう。

「乃里子……？」田淵はキョトンとした顔つきになった。

「忘れたのか」私の声はわずかに乱れたようだ。

「俺の……俺の女だ」

「ああ、あの娘か」田淵は頷いた。「あの娘ならまっさきに滅びへ走ったよ。彼女、誰よりも死にたがっていたからな」

田淵の言葉は痛く私の胸に刺さった。彼女を生に導くことができる人間は、私の他には誰もいなかったのだ。それを、私は彼女の自殺願望を知っていながら、救いの手ひとつさしのべようとはしなかったのである。

「滅びへ走ったなどと曖昧《あいまい》な言葉は使うな」脇坂が再び田淵の胸ぐらを掴んだ。

「何が起こったのか、はっきり言ってみろ」

田淵は明らかに暴力には極端に弱いタイプの男だった。脇坂に胸ぐらを掴まれただけで、もうその表情からは血のけがすっかりひいてしまっているのだ。

「〝戻らずの森〟に走ったのだ」田淵はなかば悲鳴のように言った。

「〝戻らずの森〟に行くがいい。間違いなく滅ぶことができる。黒く溶けて、大地に帰ることができるのだ。……俺はこの村に取材に入った。そして、聖なる宇宙人からのテレパシーをうけたのだ。今こそ〝審判の日〟は来《きた》る、と……〝滅びてしまう教〟の連中は、いま森に入れば確実に滅ぶことができると覚った。だから、奴らはてんでに〝戻らずの森〟へ走ったのだ……」

私は意外だった。宇宙人と通信できるという、かねてからの田淵の言葉はいうならば営業用の、嘘八百だと思っていたのだ。ところが、田淵はどうも自分でもその現象を信じているようなのだ。

「戯言を言うな」脇坂が吠えた。

「人間が溶けるなどと誰が信じるものか」

田淵の唇に不可解な微笑が浮かんだ。彼はゆっくりと腕をあげると、地の一点を指差した。私と脇坂は田淵の指差す先に眼をやり——そして、同時に声をあげた。

あのネズミだ。

あのネズミが黒い液をしたたらせながら、我々のごく近くまで這ってきているのだ。ネズミが喪失しているのはすでに下肢だけではなかった。胴体すらもほとんど消えているのである。未だ生命があるのが不思議なほどだが、ネズミは胸筋だけで動いていた。黒い液のなかからつき出ているネズミの頭が、たまらなく不気味だった。——ネズミが溶けつつあることはもう疑いようもなかった。

溶けるネズミの存在は、さしもの剛毅《ごうき》な脇坂にも、かなりのショックだったに違いなかった。その証拠に、脇坂は不用意にライフルを発射するという愚を犯してしまったのだ。

バサリと重い音が聞こえて、わら葺き屋根からふいになにかが飛びたった。その影が我々の躯のうえを過《よぎ》った時、すでに脇坂はライフルの銃床を肩に投げあげ、引き金を引いていた。

耳を圧する轟音《ごうおん》と同時に、鳥の羽毛がパラパラと落ちてきた。

田淵が耳を押さえて、だらしのない泣き声をあげた。

すぐ眼のまえに、鳥が落ちてきた。さすがに脇坂の狙いに狂いはなく、鳥は頭蓋を撃ち砕かれていた。

「ただの鳥か……」

脇坂は自失したように呟いた。自分の失敗を覚ったのだろう。銃声をききつけて、自衛隊員が駆けつけてくる恐れがあった。

が、——私にはその鳥を、ただの鳥の一言でかたづける気持ちになれなかった。

大人の掌《てのひら》ほどの大きさの、非常に小さな鳥だった。私にはその褐色の尾毛が気にかかった。躯の大きさから考えると、不自然なほど長い尾毛だ。——両翼からつきでているのは、三本の指ではないだろうか。

残念なことに、私にはその鳥を仔細《しさい》に調べる時間は与えられなかった。

「そこにいるのは誰か」

激しく誰何《すいか》する声に重なって、銃声が空気をつんざいた。

村に入る前に目撃した、二人連れの自衛隊員たちだった。ライフルを構えて走ってくるのは、二発めはもう威嚇《いかく》射撃ではないという意思表示のつもりなのだろう。

「走れっ」

脇坂の反応は敏速をきわめていた。彼はわれわれをつきとばすと、ライフルの銃身を回転させた。

私は田淵の躯を抱えるようにして、懸命に走りだした。逃げこむとしたら、〝戻らずの森〟しかなかった。

背後からなにかを断ち切るような銃声がきこえてきた。

自衛隊員といえども、実戦の経験があるはずはない。その道の猛者である脇坂なら、自衛隊員たちをあしらうのもさほど困難な仕事ではなかったろう。——脇坂が走ってくる足音が、すぐに後ろからきこえてくるようになった。

「審判の日だ……」私の傍らを走りながら、田淵はなおも繰り返し呟いていた。

「審判の日がやってきたのだ」

そうかもしれなかった。脇坂が撃ち落とした鳥は、審判の日到来を告げる凶鳥であるかもしれなかった。この世に存在しうるはずのない鳥だったのだ。私には、あの鳥は始祖鳥だったとしか思えないのだ。

——こうして我々は〝戻らずの森〟に迷いこむことになる。マチカネワニに襲われることになるのだ。

……

4

ライフルの銃弾はワニのあつい鎧《よろい》を貫通するのに充分なほどの威力を備えていなかった。それを承知していたからこそ、脇坂はワニがその顎《あぎと》を開けるまで、ライフルを発射しなかったのだろう。

ワニの鋭い牙がいましも田淵の躯を捉えようとしたその時、二発の銃声が原生林に鳴り響いた。

ワニの赤い口腔が、それよりさらに赤い血をしぶかせた。三十グラムにちかい重量の弾丸を喉に射ちこまれては、どんな巨獣でも抗すべくもなかったろう。その太い尾を一閃させて、ワニは身を翻した。

後には、なかば虚脱した状態の田淵と私が残された。

「怪我はなかったか」

脇坂は一応そう訊いてきたが、本気で私たちの身を案じているわけではなさそうだった。いうならば、一種の礼儀のようなものに過ぎなかったろう。――脇坂はいまの狩りに充分満足しているようだった。遊底を開け、薬室《マガジン》に弾丸《たま》を補充していた。

私は力をふりしぼって、やっとの思いで田淵の躯をぬかるみから引きずりあげた。田淵はほとんど廃人に等しかった。〝滅びてしもう教〟の経文でもあるのか、きき慣れぬ文句をしきりに呟いていた。

私は折れ枝を拾いあげると、手を伸ばして、田淵が落ちたあたりのぬかるみをつついてみた。ぬかるみが深くなっている場所は、田淵の落ちた一点に限るようだ。折れ枝はかなりに確かな手応えを伝えてきた。

「まだ先へ進むつもりなのか」脇坂はあきれたようだった。

「ああ」と、私は頷いた。

「なぜだ？　なぜそんなに執拗に〝戻らずの森〟の奥へ進みたがるのだ？」

「あんたにつきあってくれとは頼んじゃいないぜ」

事実、脇坂の同行は私にはわずらわしくなっていた。ボディガードとしての脇坂は非常に優秀だが、安全を求めるなら、ここから引き返すのが最も賢明なのである。〝戻らずの森〟をさらに進むと決めたときから、私は死を覚悟しているのだ。――むろんのこと、私がなぜ引き返そうとしないのか、脇坂にその理由を説明するつもりはなかった。乃里子のことも、遭難した生徒たちのことも、所詮は私ひとりの問題に過ぎなかった。なにより、私は〝戻らずの森〟に強く惹かれるものを感じていたのだ。

「俺ひとりで帰るわけにはいかないな」脇坂は眼を細くせばめた。

「あんたが東京へ帰って、ここのタール・サンドのことを他の企業に話さないとも限らないからな」

「………………」

私は脇坂から顔をそむけた。田淵の台詞ではないが、今の私には石油などどうでもいいことだった。〝戻らずの森〟には確かに石油以上のなにかがあった。

私の傍らにグッタリと腰をおろしていた田淵が、ふいに叫び声をあげた。怯えからでも、驚きからでもなく、魂から自然に迸《ほとばし》ったような叫び声だった。

突然の叫び声にたじろいだ私をつきとばして、田淵は物凄い勢いで走りだした。あの田淵のどこにこれほどの力が残っていたのかと思えるほどの、メチャクチャな走りぶりなのだった。

「おい、どこへ行くんだ」

と脇坂が声をかけた時には、もう田淵の姿は樹葉に隠れて見えなくなっていた。

私と脇坂は顔を見合わせ、次の瞬間には揃って走りだしていた。なにが田淵を走らせたのかは分からなかったが、彼の後を跟《つ》けることが、〝戻らずの森〟に起きた異変の原因をつきとめる最適の方法であるように思えた。

〝戻らずの森〟は先へ進むにつれ、石炭紀・植物大発展期の頃の原生林とさらにその相似を増しつつあるようだ。巨大な古鱗木は欝蒼《うっそう》と湿地を覆っている。現存する種子の古鱗木とは別種のものである証拠に、シダ植物特有の胞子のにおいが森に満ち満ちていた。——古鱗木、あるいはメタセコイアのかげに、原色の花が大ぶりの花輪を咲かせていた。日本はもちろん、世界のどこにも咲いていないはずの、原始の花に違いなかった。

脇坂と私はぬかるみに足をとられながら、懸命に田淵の姿をさがした。ぬかるみが原油にまったく変質している場所もあるらしくて、時おり油の強いにおいが鼻をついた。

「田淵ーっ」私は何回となく喉をふりしぼった。

その度ごとに、〝戻らずの森〟は梢《こずえ》を飛びかう多くの鳥たちの羽ばたきで震えた。鳥たちのほとんどは見間違えようもなく始祖鳥《しそちょう》であった。一度は、確かに我々の頭上を翼竜が過っていった。

「う……」

我々は異口同音に声をあげて、走るのをやめた。

前方を小さなトカゲたちが群れをなして渡っていくのだ。イグアナに似ているが、体皮の色が鮮烈な赤だった。

「なんだ？　あれは」脇坂が表情をしかめて訊いてきた。

「断言はできないが……」私はかすれた声で答えた。「どうやら手取竜《てどり》というやつらしい。ジュラ紀の後期に、日本に生きていたといわれている恐竜だ。……俺には訳が分からない。日本竜と手取竜とでは生きていた時代がまったく違うはずだ。この原生林では時間がまったくでたらめだ……」

「訳なんか分かるはずがない」脇坂が吐き棄てるように言った。

「分からなくて結構だ。俺はただ〝戻らずの森〟に石油があることを確かめればそれでいいのだからな」

私には脇坂の気持ちがよく理解できた。脇坂は意識をただ石油だけに絞ることによって、かろうじて理性を崩壊から守っているのだった。

「この手取竜たちの後をついていこう」と、私は言った。

「なぜだ？」

「どうしてかは分からないが、手取竜の後をついていけば田淵を発見できるような気がするんだ」

「いいだろう」脇坂は苦笑した。「なんとも気違いじみた話だが、どうせ総てが気違いじみているんだ。案外、手取竜が俺たちをあの男のところまで案内してくれるかもしれないしな」

――手取竜は腹だたしいほど歩行速度が遅かった。私と脇坂は動物学者よろしく、手取竜の後に我慢強く従った。時々、我々の姿に驚いた日本竜が、カンガルーのように二足で跳ねて逃げた。

ぬかるみはしだいにその深さを増しつつあった。我々は股まで、石油くさい液に汚されていた。ぬかるみに沈むことなく歩ける軽い手取竜が羨ましかった。

ふいに視界が開けた。

古鱗木がとぎれ、ほとんど沼のようになっている空き地が見えた。手取竜の行進はなおもつづくようだが、我々にはその空き地が終点だった。

田淵がいたのである。私のなんの根拠もない勘が、みごとに的中したわけだ。

田淵はぬかるみのなかに膝を折っているようだった。胸から下はそっくり黒い液のなかに沈んでいた。

彼は我々が現れたことになんの関心も示そうとはしなかった。その光を失った痴呆的な眸は、周囲をかこむ古鱗木を見ているだけだった。

私と脇坂は顔を見合わせ、次には田淵に向かって進み始めた。

「どうしたんだ？　田淵さん」と、私は声をかけた。

私の声がきこえたのかどうか、田淵はビクとも身動きしなかった。

脇坂が激しく舌打ちして、さらに田淵に向かって歩を進めようとした。また例の荒療法を使おうというのだろう。

「俺は啓示をうけた」田淵の突然の言葉が、脇坂の足をとめた。

脇坂でさえ足をとめざるをえないような、ひどく荘重《そうちょう》な響きを含んだ声だったのである。田淵は必ずしも我々に向かって喋っているわけではなさそうだった。その貧相な顔には憑かれたような表情が浮かんでいた。

「我々は、我々の躯で罪をあがなうべきだ、と……滅んでいったものたちを弔うことを知らなかったわれわれは、自身の躯で罪をあがなうべきだ、と……」

田淵はなおも言葉をつづけた。

「ながい年月を我々はただ石油を費やすことで過ごしてきた。石油と化すために、どれだけの動植物の死が必要だったか、人間は誰ひとりとして改めて考えようとはしなかった。弔うことを知らず、ただただその死肉を食らってきた我々は、食人鬼にも等しい存在だったのだ……」

「…………」

私は肌に粟立《あわ》つ思いで、田淵の言葉をきいていた。田淵の声音は陰々と〝戻らずの森〟に流れていった。誰かが田淵の口をかりて喋っているとしか思えなかった。脇坂も全身を凝固させて、立ちすくんでいた。

田淵は言う。

「はるけき宇宙の彼方に住む超越者たちは、人類にこの惑星の覇者たる資格はないと判断した。他種を弔うこともなく、滅亡した種の悲しみも知らない者が、種の頂点に立つのは傲慢に過ぎると判断したのだ。人類は滅ぶべきだと判断したのだ。……

超越者たちは慈悲深い。人類が滅びるのには、その罪をあがなう〝滅び〟を準備すべきだと考えた。人類が石油となるべきだ、と……

六百年ほど前、宇宙《そら》から聖なる〝滅びの種子〟がこの地におちてきた。超越者たちの恐れが的中して、人類が他種を弔うこともなく、石油を乱費する時代が到来すれば、その種子は開花することになっていた。

〝滅びの種子〟は〝試しの種子〟でもあったのだ。

そして今、〝滅びの種子〟は開花した。この惑星《ほし》ではもう時間は意味をなさない。我々人類に課せられた運命は、ついに弔われることなく消費された動植物とともに、贖罪の石油と化することなのだ。

まだしも罪をあがなうことを許されたのを悦べ。我々は浄火のうちで滅んでいけるのだから……」

「やめろ、この拝み屋がっ！」とつぜん脇坂が喚きだした。

「戯言をほざくのもいい加減にしないか。でたらめを喋るのをやめるんだ」

「いや、でたらめじゃない」私は脇坂の肩に手をかけた。

「あれを見ろ」

空き地の隅に、なかばは沈み、なかばは漂っているもの——夥《おびただ》しい数の人間の死骸だ。それは性別さえ判然とはしなかった。五体満足な死骸はひとつもない。手といわず、足といわずぬかるみのなかに溶け、黒い液を分泌していた。

〝滅びてしもう教〟の信者たちに違いなかった。

「厭だ……」脇坂は首を振って、ヨロヨロと後ずさった。

「こんなことは嘘だ。俺は信じない。信じるものか……」

脇坂は明らかに人格崩壊に陥っていた。ながく狩猟者の生を送ってきた男が、自身の死に初めて直面して、なかば狂乱状態となっているのだ。

脇坂がなにを喚こうと、死体が石油に変わりつつあるのは紛れもない事実だった。溶けるネズミを目撃したとき感じた安らぎが、数倍する強さで私の胸裡に甦ってきた。——いま私が眼にしている死体のなかには、おそらくは乃里子のそれも混じっているに違いなかった。乃里子は罪をあがない、ようやく平和な眠りにつくことができたのだ。

思いもよらない銃声が、私の耳を激しくうった。死体のひとつがユラリと揺らいだようだ。

「なにをするんだっ」私は叫んだ。

脇坂の耳には私の声は入らなかったようだ。彼は槓杆《ボルト》を引き、二発めを発射すべくライフルを構えた。まったくの狂人の表情になっていた。

私は頭から脇坂につっこんでいった。脇坂は二、三歩よろめき、ライフルの銃床を大きくはらった。——頭を低めるのがもう一秒遅れたら、私の頭蓋は確実に砕かれていたことだろう。

立地の悪条件が私に幸いした。常の脇坂だったら、しがみつく私を引きはがすのになんの困難も覚えなかったろう。脇坂はぬかるみに足をとられて、後ろ様に転倒した。

が、——さすがに脇坂は、私とは格段の違いで格闘技に長《た》けていた。脇坂は倒れる際に、ヒョイと躯をひねり、私の膝の皿をブーツで蹴りつけてきたのだ。あまりの激痛に、私はガクリと膝を折った。

脇坂の太い十本の指が、すかさず私の喉をしめつけてきた。ぬかるみに落ちたライフルがしだいに沈んでいくのが、私の赤く濁った視界の隅に映った。これで少なくとも脇坂は〝滅びてしもう教〟の人たちを傷つけることはできなくなったわけだ。

私の両手は未だ自由だった。私は必死に両の拳をふるい、脇坂の顔といわず、躯といわず連打した。が、私のパンチは脇坂にいささかのダメージも与えなかったようだ。脇坂の私の喉をしめつける指には、急速に力が加わってきた。

「これはただの石油だ。石油なんだ……」脇坂は呻いていた。

私にもまた滅亡の時が訪《おとの》うてきたようだ。私は薄れていく意識のなかで、確かに乃里子の白い顔を見た。

ふいに呼吸が楽になった、私の肺臓は酸素を求めて、あさましく喘《あえ》いでいた。

やっとの思いで顔をあげた私の眼に、ライフルを逆手に持っている田淵の姿が映った。ライフルの銃床は黒く血で汚れていた。脇坂はぬかるみに顔をつっぷして、全身を弛緩させていた。田淵が落ちたライフルを拾い、背後から脇坂を殴打して、私を救ってくれたのだ。

「田淵さん……」私は呆然と呟いた。

田淵はニヤリと笑い、その笑った顔をゆっくりとぬかるみに近づけていった。その頭部が完全にぬかるみに沈み、黒い泡が浮かびあがってきても、私にはどうすることもできなかった。田淵が自由意志で死を選んだのは明らかだったからだ。

どれくらいの間、私は彼らの死体の傍らに佇《たたず》んでいたことだろう。気がついてみると、私はもう長い時間赤い色彩を凝視していたのだった。

それは女性用のコートだった。おそらくは今の格闘で、ぬかるみの底に沈んでいたものが浮かびあがってきたのだろう。——私のなかば麻痺していた脳裡を、激しい悲哀が貫いた。それは、私が乃里子に初めて会った時、彼女が着用していた赤いコートだった。

眼で確かめることはできないが、ぬかるみにはわずかに流れがあるようだ。赤いコートは非常な微速で漂い流れていくのだ。

乃里子が呼んでいるとしか思えなかった。私もまた、赤いコートの後を追いヨロヨロと歩き始めた。私の表情には微笑すら浮かんでいたかもしれない。

「乃里子……」私は繰り返しその名を呟いていた。

私の視界にはコートの赤い色彩しか映っていなかった。私の意識から時間の感覚は失せ、生命に対する渇望さえ消えていた。私の望みはただコートを追って歩きつづけることだけだった。

ふいに視界に鮮烈な黄色い色彩がとびこんできた。

「ああ……」私は呻いた。

丈十メートルはあろうかと思われる巨大な花が前方に直立していた。大きさを別とすれば、ひまわりに似た花だった。その花は黄色い花粉を周囲に放っていた。夥しい量の花粉だった。黄色い靄がかかったように、原生林がぼやけて見えた。

いや、もう原生林とは呼べないかもしれなかった。かろうじて樹々は原型を保ってはいるものの、もう石油の堆積に等しかった。なにかとてつもなく巨大な生き物が、やはりなかば溶けかかり、その背中だけを小山のように浮かびあがらせていた。

〝滅びの種子〟だ。〝滅びの種子〟が開花したのだ。

その巨花の下まで漂っていくと、赤いコートは再びゆらりとぬかるみに沈んだ。ぬかるみの流れはここで方向を変えているらしかった。

私はただただ立ちすくんでいた。立ちすくんで、その巨花を見つめていた。

〝滅びの種子〟は〝戻らずの森〟になんらかの感化を及ぼしていたのだろう。それが、〝滅びてしもう教〟がこの森を聖地《メッカ》に定めた理由でもあり、自殺を促す森と噂された原因でもあったのだ。

が、――いま事情は大きく変わった。〝滅びの種子〟は開花し、この森を蒼古の原始林にと変え、人類を石油とすべく活動を始めたのだ。おそらくその花粉のおちゆくとこ、総てが石油に変質するのだろう。〝滅び〟は〝戻らずの森〟から拡がり、世界に波及していくに違いない。

人類は滅亡するのか。

私は微笑を浮かべた。それを超越者、想像もつかない能力を持つ宇宙人、あるいは神の意志——どんな名で呼ぼうと、とにかくそれの意志が発動されたのだ。今度はノアとなるべき人間はおいそれとは見つからないだろうが、再び洪水が世界を覆うことになるのはまず間違いない。人類の罪劫《ざいごう》を考えれば滅亡が遅すぎたくらいだ。田淵は言ったではないか。せめて浄火のうちに滅んでゆけるのを悦びと思わなければならないのだ。まったくそのとおりなのだ。……

今度こそ、混じりっけのない、言葉本来の意味での安らぎが私を包みこんだ。母の胎内に忘れてきたはずの、完璧な安らぎだった。——私は、そして人類は、罪をあがなって滅んでいけるのだ。ほとんど至福というべきだった。

私が遭難させた生徒たち、乃里子……ようやくきみたちに許しを乞う時がきた。きみたちを胸に抱いて、ともに安らげる時がきたのだ。永遠の眠りのなかで、ただただ安らぎを得る時がきたのだ。私は許しの資格を受けたのだから……

——私は眼を閉じて、ゆっくりとぬかるみのなかに躯を沈めていった。

石に漱《すす》ぎて滅びなば

夏目漱石《なつめそうせき》の日記には当人の思い違いとか記憶違いによる誤りが多いとされる。が、いわゆる『ロンドン日記』にはそれだけでは説明しきれない奇妙な記述が見うけられる。明治三十四年（一九〇一）一月二十六日にこう記《しる》されている。

――女皇《じょこう》ノ遺骸《いがい》、市内ヲ通過ス

正確には、ヴィクトリア女王の葬儀は二月二日の土曜日に執《と》り行われた。漱石は宿の主人と一緒にそれを見物に行っている。現に、一週間あとの二月二日の日記にはそのことが正確に記述されているのだ。

漱石は一週間日付をまちがえたのであろうか。だとしたら、わずかに一行だけのことであり、どうして一月二十六日の記述を消さなかったのか。なぜ訂正せずに、わざとのようにそれを残したのであろうか。

それについてはこういう説がある――などというと、いかにももっともらしいが、数多い漱石研究者のなかでも、この説を支持する者はほぼ皆無といっていい。それというのも、あまりに突拍子もない説だからであって……奇説、いや、いっそ妖説といってもいいかもしれない。

『ロンドン日記』は明治三十四年（一九〇一）十一月十三日をもってして終わっている。帰国一年以上もまえのことである。それ以降、漱石がロンドンでどんな暮らしを送っていたのか、帰国後、エッセイに書いた「自転車日記」を除いて、ほとんど何もわかっていない。

それというのも、ロンドン留学の後半の一年間は、ついには「夏目狂せり」と本国に打電されるほど、精神が不安定な状態にあったからだと推測される。日記どころではなかったのかもしれない。

しかし、そんな不安定な精神状態にあっても、一年先のこの日——つまり明治三十五年一月二十六日に起こったことを、どうしても記憶にとどめておきたかったのではないか、そのための覚書《おぼえがき》を——あたかも一年まえのことのように、としてでも——日記に残す必要があったのではないか。

なぜ、そんな不自然なことをしなければならなかったのだろう？　思うに、それが実際に起こったことなのか、それとも狂気がつむぎだした妄想にすぎなかったのか、彼自身にもそのことの判断がつかなかったからではないか。

もちろん、先にも記したように、これ自体が一種の妄想とでもいうべき奇説であり、漱石自身、臨終にいたるまで、この奇妙な記述に何も言及しなかったのだから、後世のわれわれは何ひとつ、それについて知るべき手段がないのであるが。

1

「初め米を洗いおき、牛肉——鶏肉でも可なり——タマネギ、ニンジン、馬鈴薯《ばれいしょ》を四角にあたかもサイの目のごとく細かく切り、別に、フライパンに牛脂を敷きて、『カレイ粉』を入れ、前に切りおきし肉、野菜をすこしく煎《い》りて入れ――馬鈴薯はニンジン、タマネギのほとんど煮えたるときに入れるべし――弱火にかけ、煮込みおき、先の米を『スープ』にて炊きこれを皿に盛り、前の煮込みしものに味をつけ、飯に掛けて供卓する――」

その声がいったりきたりするのは声の主が店と厨房とを何度も往復しているからだ。明るく、若々しい声だ。

その声以上に人々を陽気な気分に誘うのは店のなかにたちこめるカレーの香りだ。

まずは湯気のたつ大きな鍋を運んできてそれをカウンターに音をたてて置いた。

すぐに厨房にとって返し、またべつの鍋を運んでくる。これには炊いた米が入っているらしい。それもまたカウンターに置いた。

少ないランプの明かり、それにストーブの火あかりのなか――ぼんやり浮かびあがる陰気なパブに、その二つの鍋だけがわずかに活気をもたらしているかのように見えた。

「どうだ、おいしそうだろ。貴国ではたんにカレーと呼んでいるが、わが国ではこれをカレーライスと呼ぶことにしたい。ぼくはこれを諸君にご馳走《ちそう》したい、と思う――この店の主人は厨房使用料として何と十シリングも要求した。むろん、それとは別途に、材料費、薪代《まき》まで徴収するのだから、じつに強欲《ごうよく》きわまりない話ではある。だから、これは非常に高価なカレーライスということになる」

カレーライス、と二度いいなおしたのは、日本人としては、〝米《ライス》〟と〝しらみ《ライス》〟の単語の違いに敏感にならざるをえなかったからだろう。文法に誤りはないが、発音に多少難があり、流暢《りゅうちょう》に英語をあやつるという印象はない。明らかに短期間のうちに猛勉強で会得した英語だ。すこしこみいった会話になると苦労するのではないか。

「ぼくは橋爪竜之助《はしづめりゅうのすけ》という。日本人だ――とこんなふうに自己紹介するのも、諸君が、名前もわからず、素性《すじょう》も知れない、得体の知れない東洋人に食べ物をふるまわれるのを好ましくは思わないだろう、と考えるからだ。少なくともぼくだったらそうだ。けれども、ぼくはけっして怪しい者ではない。三年まえの明治三十二年、といってもわからないか。一八九九年五月に、日本・東京・築地の『海軍主計官練習所』なるところを卒業した。『海軍主計官練習所』は海軍省経理局長の旗下にある。つまり、ぼくは日本海軍の主計に所属し、割烹《かっぽう》を担当している。平たくいえば炊事番だ。いや、これでも一応は少尉なんだけどね」

二十代のなかばにも達してはいないだろう。日本人にはめずらしいほどの長身で、その目が明るく澄んでいる。じつにさっぱりとした男っぽい顔だちだ。――上着を脱いで、大きなエプロンを着け、カウンターの内側に立っている。ご飯をよそった皿をカウンターに並べ、それらにカレースープを端から手際よくかけている。湯気がたって見るからに美味《うま》そうだ。

「ぼくの同郷の大先輩に高木兼寛《かねひろ》という医学博士がいらっしゃる。海軍軍医総監。――ぼくが尊敬してやまない偉い人だ。その人から軍の食事の献立《こんだて》の改良に当たるように命ぜられた。そのための研究にと貴国への留学を命ぜられた。――正直、これにはほとほと困惑させられた。子供のころから、多少、剣術はやってきたつもりだが、割烹術の心得など皆無だからだ。けれども高木博士には公私ともに大変にお世話になっている。博士からの依頼とあらば何はともあれ馳せさんじなければならない義理がある――」

パブの店のなかはガタガタと椅子を引く音などで騒がしい。椅子を引いて立ちあがる音、フロアを歩く音、ドアを開ける音、誰かの笑う声……が、そんな騒音はものともせずに、橋爪竜之助と名乗った若者は言葉をつづけている。

「なにしろ日本軍には海軍といわず陸軍といわず脚気《かっけ》が蔓延《まんえん》してる。諸君ら、英国人には脚気という病気はあまりなじみがないかもしれないけど——これがじつに怖い病気で、死にいたることもめずらしくはない。したがって軍の食事を改良することは焦眉《しょうび》の急であってだね。これ以上、天子《てんし》様からおあずかりした大切な兵を脚気なんかで失うわけにはいかないから。それで海軍でカレーライスを出してはどうか、と考えたわけで。諸君に試食をお願いできないものか、と——あれ？」

竜之助はようやく話を終えてパブのなかを見わたし……けげんそうな顔になった。さっきまでほぼ満員だった店内には、一人、カウンターに突っ伏して眠り込んでいる酔っぱらいを除いて、もう誰も残っていない。

ロンドンでも最下層の貧民層の、そのさらに場末のパブだ。見るだに気の滅入《めい》るような店だ。汚いし、臭いし、暗い。床はさながらゴミ溜めのようだ。テーブルと椅子の間をドブネズミとかゴキブリがわが物顔で好き勝手に這っている。

「おかしいな、みんなどこに消えちゃったんだろ？」

竜之助が呆然とつぶやくのに、厨房から出てきた、禿頭《はげあたま》、太鼓《たいこ》腹の主人が、決まってらあな、逃げちゃったんだよ、という。

「逃げた？　なぜに」

「あんたのカレーがとてつもなくマズいからだよ。ここらの連中は、それが食べ物だったら、ドブに落ちたパンでも奪いあって食べるんだが、それでもあんたのカレーだけは勘弁して欲しいそうだ。とても人間の食い物じゃねえってよ。あんたが炊事兵じゃ日本海軍も気の毒に――なあ、おい、あんた、おれが十シリング取るのを強欲だっていうが、なんたって店の客が一人もいなくなっちまうんだからな。それだって安いぐらいだぜ」

　さすがに竜之助は苦笑したが、臆する様子は見せずに、

「そこの眠ってる紳士はどうだろ。その御仁《ごじん》ならぼくのカレーライスを食べてくれるんじゃないだろうか。見たとこ、へべれけに酔っぱらってるようだし」

「やめてくれ。こんな酔っぱらいにあんたのカレーを持たしてみな。あちこちにカレーを撒《ま》き散らしてあとの掃除が大変だ。そういうことならもう一シリングべつにもらうことになるぜ」

「やあ、いくら何でも十一シリングはべらぼうすぎる。それにしても――あちこちにカレーを撒き散らして、か」

　竜之助は苦笑しつつも、さも深刻そうな顔になり、腕を組むと、

「こいつは気がつかなかった。それもまた課題の一つということになりそうだな。戦艦は揺れる――そのたびに床にカレーを撒き散らされたんじゃ話にならない」

2

ドアが開いて……。

流れ込んでくる夜霧のなかに三人の人影が立った。

いずれも異様な人たちだ。

一人は見るからに娼婦だが、それだから異様というのではない。この界隈《かいわい》では娼婦などめずらしくはないからだ。若くはないが、ここでは若い娼婦のほうがめずらしい。

彼女を異様というのは——

全身、枝のように痩せ、その肌が透きとおるように——というか凍るように——青白いからだった。色素が欠乏しているのではないか、と思わせるほどに、唇の色が褪《あ》せ、目の色がほんのりと赤い。大きな花束を持っている——両手の長さが少しちがって見えるのは気のせいか。その花がすべて枯れているのだ。そのこともあって、なにか棺《ひつぎ》に横たわるべき死人が歩いているかのような印象を受ける。

彼女自身、異様というほかはないが、彼女が連れているのが、見たところ十歳前後の少年というのもまた尋常ではない。つい最近まで子供が酒を飲む姿はめずらしくはなかったが、数年まえに法律が変わり、子供がパブに足を踏み入れるのは全面的に禁止になったからだ。

見るからにはしっこそうな少年だ。クルクルとよく動く目をしていた。利口そう——というより、その年齢には似つかわしくない、どこかシニカルな目をしていた。

もう一人は紳士であって──そのかぎりではべつに異様でも何でもないが──それが小柄で、顔にアバタのあとがめだつ東洋人なのだ。たぶん日本人だろう。人品骨柄《じんぴんこつがら》いやしからぬ人物ではあるが、その様子がどこか異様なのだ。もしかしたら自分がどこにいて、何をしているのかもわかっていないのではないか。放心しきっている。なにか茫《ぼう》とした表情で虚空《こくう》に視線をさまよわせていた。

「どうしたんだ、ミス・エレナ、遅かったじゃないか。間にあわないんじゃないかって心配したよ」

竜之助はフロックコートを着、山高帽子《やまたかぼうし》をかぶり、杖《つえ》を取り、カウンターから出てきながら、そういった。そして子供を見て眉をひそめる。

「その子は何だ？　本職の軽業《かるわざ》師を連れてくるんじゃなかったのか。その約束だぞ」

「彼は当分、動けそうにない。病気よ、血を吐いたわ」

エレナ、と呼ばれた女性がそう答えた。その声はかすれて生気《せいき》がない。吐息《といき》が白く凍った。まるで臨終《りんじゅう》を間近にひかえてベッドに横たわっているかのように。

「そうだったのか。だけど、それは困ったな。今回のことには、どうしたって身の軽い人間が必要なんだけどな」

「この子が──チャーリーがいるわ」

エレナは自分の横にいた子供をまえに押し出すようにした。──その子はどこまで事情がわかっているのか、帽子のひさしに指をかけて、ひどく大人びた様子で頭を下げた。

「この子はヒポドローム劇場でやってるパントマイムで、猫役をやっている。とても身が軽いのよ」

「パントマイム……」

竜之助にはそれがどんなものだかわからなかったのだろう。けげんそうな顔をした。それも無理はない。ロンドンに渡って半年たらずではろくに劇場めぐりなどする余裕はなかったろうからだ。――ここでいうパントマイムとは、童話や昔話に材をとった子供用のおとぎ話のことであって、沈黙のうちに演じられる黙劇のことではない。

「仕方がない。よしとしようか。子供を使うのは好ましくはないが、いまはもう他を当たっている時間はない」

竜之助は思い切りがいい。パントマイムが何なのかもわからぬままにエレナのいうことを了承した。もう一人の紳士のほうにあごをしゃくって、

「それでそちらの紳士は？　それもまた連れてくるといった御仁とは別人のようだが――そのお人はきみの客じゃないだろう」

「わたしの客は――なにか今夜のことは剣呑《けんのん》だと気づいたようだわ。あんなに今晩わたしのところに来ると約束したのに、怖《お》じ気《け》をふるったらしく、とうとう現れなかった。男って当てにならない。それで、この人を代理によこした。といっても、二人はべつに親しいというわけではなくて、ちょっとした知りあい程度らしいけど――言葉巧みにいいくるめて何とはなしにここに来るのを了承させたということらしい。わたしもこの人とは今夜が初対面で――何を尋ねても、名前を教えてくれるぐらいで、あまりはかばかし

く返事をしてくれないんで、よく事情がわからないんだけど、この人の名前は……」

「夏目金之助《きんのすけ》さん……ご尊名はかねてより——」

と竜之助はいった。

「英語の勉強でこちらに留学なさってる。淫売買《じごく》いなどなさる人じゃない。ロンドンの日本人たちの間ではしごくまじめな人で通っている。たしかに、ぼくの通訳をしてくれるには、その人品といい、英語力といい、夏目さんほどうってつけの人はいないんだが……」

そこで竜之助が言葉を濁したのは——たぶん日本人社会の間で、夏目狂したり、という噂がひろがっているのを彼もまた耳にしたからだろうが——さすがにそれを口に出していうのははばかられたらしい。

「英文学……」

それまで一言もしゃべらなかった金之助がボソリといった。その放心したような表情にはあいかわらず変わりがない。

「え？」

「わたしは英語の勉強のためにロンドンに来たのではない。英文学を研究するために——ひいては文学そのものを理解するためにロンドンにやって参りました」

と金之助はそう宣言した。そのときだけは昂然《こうぜん》と胸を張っていたが、すぐに顔をしかめると、腹に手を当て、痛い、と不安げにつぶやいた。

「大丈夫ですか」竜之助が訊いた。「どこかお加減でも悪いのですか」

「いや——お気になさらないでください。わたしは生来《せいらい》、胃が丈夫ではないので……それより今夜のことはお国のために働くのだとそううかがいました。そうなのですか」

「はい、たしかに。——ただ、ぼくはロンドンに渡って、まだ半年たらずにしかなりません。それでもどうにか日常会話ぐらいはこなせるのですが……ちょっとこみいった話になると怪しくなってしまう。それで英語の達者な方を通訳にお願いできないかと……。ただ、多少、危険がともなう可能性があり、無理にはお願いできないのですが」

「危険？　いや、どうか、そんなことはお気になさらないでください。このように貧弱な体こそしてますが、わたしも一個の日本男児のつもりでいますので」

金之助は鼻のまわりにしわを寄せるようにしてしぶく笑った。その表情からはとても「夏目狂したり」といわれるような狂気の色はうかがえない。英知の輝きがあった。

「わたしの英語がお国の役にたつのでしたら——そのための留学でもあるのですから——喜んで協力させていただきましょう」

「ありがとうございます。それではそろそろ参りましょうか」

丁重に頭を下げ、先にたって入り口に向かおうとした竜之助のまえに、あの大兵《だいひょう》肥満《ひまん》の主人が立ちはだかった。手に大きな包丁を持っている。

「あれだけの皿を洗わされるおれの身にもなってみろ。あと十シリング置いてけ」

主人は大声でわめいた。包丁を頭上に振りかざした。

竜之助の杖から銀光がほとばしった。包丁の柄に走る。トン、と音がして、包丁の先が床に突き刺さった。主人の手には柄だけが残された。

それを呆然と見つめる主人に、

「十シリングは高い。五シリングにまけておけ」

仕込みを杖におさめながら竜之助は静かにいった。

3

どこもかしこも霧だらけだ。

一面、広い通りを包み込むように深々とたちこめている。この町の往来は泥と汚物にまみれている。地獄の底の塵《ごみ》捨て場のように――。それがいまは深い霧に閉ざされ、ある種の幻想美さえかもし出しているのだ。じつに蠱惑《こわく》的、とさえいっていい。

町つづきに窓の明かりはほとんど見えない。ただガス灯の明かりだけが、霧のなかにぼんやり滲んで、往来の両側に律儀なまでに一直線に遠ざかっている。

深夜だ。――この大都会にあってもさすがに人の気配は絶えている。痩せた野良犬だけが何匹かエサを求めて徘徊《はいかい》していた。

そのうちの一匹がつと顔をあげると足を急がせた。

その行く手、ガス灯の明かりの下に——うつ伏せに倒れている女の姿があった。

スカートが白い花びらのように路面にひろがっていた。体の下に押しつぶされるように花束が落ちていた。

犬は女のにおいを嗅《か》いだ。女はピクリとも動かない。喉の底で威嚇《いかく》するように唸《うな》った。それでも女は動かない。ついに牙を剥《む》いた。ガス灯の明かりに冴えざえときらめいた。それでもなお女は動こうとはしないのだ。くわっ、と口をひらいた。女の腕にかぶりつこうとして——。

ふとその顔をあげたのだ。なにか不安そうな面持ちで深い霧を見つめた。唸った。が、今度のその唸り声には、どこか虚勢じみた弱々しい響きが感じられた。それがすぐにキャン、キャン、という悲鳴に変わった。霧のなかに逃げ込んでいった。

一瞬、二瞬、間があって……。

往来の、遠く、茫漠とひろがる霧のなかに、鈍い光が二灯、あぶり出されるように滲み出てきた。カッ、カッ、カッ……という馬蹄の響きが路面を刻んで陰鬱《いんうつ》に響きわたる。たなびく霧を船の舳先《へさき》のように切り裂いて箱型の巨大な影が浮かびあがった。二灯を揺らしながら近づいてきた。

乗り合い馬車《ホース・バス》だろうか。いや、この夜中に乗り合い馬車が走っているわけがない。それにその影は乗り合い馬車よりはるかに大きい。馬の数も二頭ではなしに四頭だし、御者《ぎょしゃ》も一人ではなしに二人だ。車体が真っ黒に塗られているのも異様だ。四頭の馬さえ夜のように黒いのだ。

鉄鋲《てつびょう》を打った鉄《くろがね》、それに白金、黄金で車体いたるところ装飾されているのがなおさら異様だ。黄色い骸骨《がいこつ》の紋章――。

どこか霧のなかから誰かが低くこうつぶやくのが聞こえた。

「白金に黄金に柩寒《ひつぎ》からず」

馬車は濃霧のなかを走る……

二人の御者の左肩が何か真っ黒いもので膨《ふく》れあがっている。それがうごめいたかと見るや――パッと飛びたった。霧のなか黒い水泡《すいほう》を曳《ひ》くように旋回《せんかい》した。クワァ！　としゃがれた鳴き声をあげた。これはカラスだ。しかし異様なまでに大きい。馬車にさきがけるように前方に飛んだ。

どこに？　うつ伏せに伏している女のもとに――。二羽のカラスは女の体のうえに降りたった。ひとしきり髪の毛をついばみ、体を突いて、またクワァ、と鳴きながら、飛びたって、御者の肩に戻っていった。

「カラスのご注進、ご注進――死人《しびと》だよ。とれたて、いきのいい行き倒れだよ――」

御者の一人が大声で歌うようにそういい、頭上に鞭《むち》をふるった。ピシッ、という鋭い音が霧に響いた。

――長い、じつに途方もなく長い鞭だ。それが腕のように自在にのびて何メートルも先に伏している女の体を鮮やかに返した。御者の笑い声が霧を震わせた。

と、走っている馬車から一人の男が飛びおりたのだった。

とてつもない、巨漢だ。首切り役人のような黒い頭巾をかぶっている。腰に大きな手斧《ておの》を下げている。車の前方を走った。その男の肩にも一羽のカラスがとまっていた。男が走るにつれ、空に舞いあがると、クワァ、と鳴いた。

女の体を肩にかつぎあげると、まるで洗濯物の袋でもあつかうように軽々と馬車の屋根に向けて放りあげた。怪力だ。すると――。

もう一人の御者のふところからピュッと銀光がのびたのだ。槍のようだ。宙《ちゅう》にある女の体をその穂に巧みに載せてそのまま屋根にドサリと積んだのだ。これもまた見事な槍術《そうじゅつ》の冴えだった。

女の下で何人もの体が弾むように撥《は》ねあがった。いずれも死体のようだ。この馬車は屋根に何体もの、いや、十体以上もの死骸を積みあげているらしい。

――これは不吉な霊柩車《れいきゅうしゃ》！

霊柩車が通過する。カラスがあとを追う、黒頭巾の男はその巨体に似つかわしくない敏捷《びんしょう》さでサッと馬車のなかに戻っていった。ガラガラ、と鉄輪の響きも恐ろしげに、濃霧のなかを走り去っていく。かすかに聞こえたのは――あれはカラスの鳴き声か。

二分、三分、四分……一時《いっとき》乱れた濃霧が、また徐々にたちこめていった。ガス灯の明かりのなか、深々とうなだれるように、低く、路面を這う。まるで豆スープが器に注がれるように。

五分、六分……霧のなかに二頭だての馬車が現れた。これはさっきの霊柩車と異なり、いかにも軽快なこしらえだ。車輪の響きもリズミカルに軽い。御者はあのチャーリーという少年だ。「よし、行け」という声が馬車のなかから聞こえた。少年は鞭をふるった。馬車は走り出した。

馬車のなかから少年に声をかけたのは竜之助だ。――そして向かいあわせに同乗する夏目金之助にこういう。

「ミス・エレナは体温が常人より低い。死人のふりをするのが得意なのです。娼婦を求める男たちのなかにはまれに死体と性交するのがなにより好きという悪食《あくじき》の者がいるそうです。彼女はそうした男たちを専門にあつかう娼婦なのです。いや、じつにもって、あきれいった話ではありますがね」

「……」

金之助は総毛立ったような異様な表情でそれを聞いている。もしかしたら自分の正気を疑っているのかもしれない。ただでさえ過敏で、いまにも壊れかかっている金之助の神経には、これはあまりにも奇怪にすぎ、異常でありすぎたかもしれない。

「あの霊柩車は、一晩中、ああしてロンドンの貧民街を巡回して、行き倒れ、のたれ死にしたばかりの死体を回収してまわっているらしい。それで彼女に死体のふりをしてもらったわけなんですよ――いや、思いのほか、うまくいきました。あとはあの馬車のあとをつければいい」

「どうして彼らはこんな夜中に死体の回収なんかしてるのですか。そもそも彼らは何者なのですか。いや、ほんとうにこんなことがわが国のためになるのでしょうか。なにより――こんなに離れて、あの霊柩車のあとを支障なくつけることができるのですか」

「大丈夫ですよ」

竜之助の声はあくまでも屈託がない。最後の質問にだけ答えたのは、ほかの質問はわからないのか。さもなければわかっていても答えたくなかったからだろう。

「そのためにミス・エレナには花束を持ってもらったのですよ。彼女には花びらを街路に残してもらう手筈になっています。われわれはただその花びらのあとをつければそれでいいのです」

4

のちに漱石は『倫敦塔《ロンドンとう》』にこう書く。

……余はどの路《みち》を通って「塔」に着したか又如何《いか》なる町を横ぎって吾家《わがや》に帰ったか、未《いま》だに判然しない――(中略)――前はと問われると困る、後はと尋ねられても返答し得ぬ。只前を忘れ後を失《しっ》したる中間が会釈もなく明るい。恰《あたか》も闇を裂く稲妻《いなづま》の眉に落つると見えて消えたる心地《ここち》がする。倫敦塔は宿世《すくせ》の夢の焼点の様だ。

まさに――。

エレナ嬢が路上に落とした花びらをどこまでも延々とたどって……ついに花びらもつきるかと思われたそのときにとうとう「塔」にたどり着いたのだった。

「あの馬車はこの『塔』のなかに入っていったよ――」

最後の最後になって馬車から逃げ出したのだというエレナがどこからともなく現れていった。

「これでわたしのお役目は終わりだね。消えさせてもらうよ」

「ああ、ありがとう。助かったよ」

竜之助がそう礼をいったときにはすでにエレナの姿は霧のなかに消えていた。

「ここはロンドン塔ですか」と金之助が呆然とした声で訊いた。

たしかにロンドン塔を連想させる。が、ロンドン塔ではない。そうであるはずがない。

それは——。

暗灰色に濁った河の向こう岸に——これもまたテムズ川ではないのだが——鐘楼《しょうろう》、丸塔、高楼など、幾多のやぐらを重層、林立させ、さらにおびただしい像を象嵌《ぞうがん》させ、幾多のガーゴイルを載せ、巨大な城砦《じょうさい》をそびえさせているのだった……。

「ぼくも話に聞いたことがあるだけなんですが……」

と竜之助がいう。

「どこかに『二十世紀城《トゥエンティ・センチュリー・キャッスル》』と呼ばれる城があるとか……」

「『二十世紀城』……」

あらためて金之助はその城砦を見た。

すでに跳ね橋は引きあげられている。高楼には見張りもいるだろう。さいわい、この濃霧にまぎれて行動すれば、姿を見とがめられる恐れは少ないだろうが……。それにしてもどうやってこの河を渡ればいいものか。

灰汁《あく》を流し込んだような河は、どんよりとうち沈んで見るからに深そうだ。さしわたしにしても、優に十間《じゅっけん》以上（二十メートルほど）はあるだろう。なまなかのことでは渡れそうにない。

が、さすがに竜之助だ。そこに抜かりはない。――あらかじめ馬車のなかに大きな洋弓《ようきゅう》を用意しておいた。城のそこかしこ、扉とか、窓覆《おお》い、装飾の柱などには、見るからに分厚《ぶあつ》そうな板材が使われている。――その、できるだけ、こちら側と高低差のないところを狙って、矢を射かけ、河に綱を渡した。

あとは、あのチャーリーという少年が、子ネズミよろしく、スルスルと器用に綱を伝って、向こう側に渡っていった。連日、劇場で猫を演じているというだけあって、さすがに身が軽い。

チャーリーの姿は霧に隠されてすぐに見えなくなった。竜之助も、金之助も、あとは、じりじり焦燥感にさいなまれながらも、ただ待つほかはない。

――そんなに待つ必要はなかった。すぐにチャーリーの姿は霧の向こうに現れた。

城の裾部《すそぶ》には石垣が積みあげられ、そこにアーチ型の水門がある。水門は鉄柵で閉ざされている。水門のなか、鉄柵越しに見える船着き場に、小舟がもやわれていた。——それを使えば、河を渡るのはたやすいことであろうが、鉄柵に阻まれているのではどうすることもできない。

その鉄柵をどうして開けたらいいか？

鉄柵の両端に、二の腕のように太い、二本の鎖が装着されている。水門のすぐ上に、大きな木製の歯単があり、どうやら二本の鎖はそれに噛みあわされているようだ。城壁を仰ぎ見れば——。

その上端に、ひさしのような出っ張りが突きだしているのを見ることができる。歯車を中継し、二本の鉄鎖はその出っ張りに消えている。たぶん、そこに轆轤《ろくろ》・滑車《かっしゃ》のような装備があり、それで鉄鎖を操作するようになっているのにちがいない。

いかにチャーリーが身が軽いからといって、まさか、その切り立つ城壁を素手でよじ登ることはできないだろう。第一、この濃霧では、そうしようにも、手掛かりにすべき突起を探すのさえままならない。霧は、見張りの目を妨げてもくれるが、同時に、こちらの行動を阻害もする。まさに諸刃《もろは》の剣《つるぎ》なのだった。

が、案じるまでもないことだった。チャーリーは竜之助が考えていたよりもはるかに機敏で、頭がよかった。少年は、鉄鎖ではなしに、歯車のほうに狙いをさだめたのだ。歯車に飛びついた。全身を使って、それに這い上がるようにし、歯車を動かした。

鉄柵は難なく開いた。少年は水門のなかに入り、舟を漕《こ》いで、こちら岸に戻ってきた。何でもないかのような顔をしていた。

「きみはこれでどこかで辻馬車でも拾ってロンドンに戻ればいい。それで、今夜のことはすべて忘れるんだ」

金之助が見たところ、竜之助はチャーリーにずいぶんと過分な心付けをやったようだ。それだけ、チャーリーの働きに感謝するところが大きかったのだろう。

チャーリーは思いもかけない、過分なご褒美に有頂天になったようだ。金貨を両方のポケットに入れたために、ズボンがダブダブになった。ポケットが重いという思い入れで、チョコチョコとおどけた歩き方をしながら、霧のなかを立ち去っていった。

もちろん、いまの竜之助たちにそれを見て笑うだけの心のゆとりなどあろうはずはなかった。が——。

もし彼らが長生きし、チャーリー・チャップリンの映画『モダン・タイムス』を見る機会を得たら、そのおどけた歩き方、歯車とのこっけいなドタバタに、あのチャーリー少年の面影を認めたのではないか。

たしかに、この時期、チャップリン少年は、ロンドンのヒポドローム劇場にて『シンデレラ』に出演しているのだから、このチャーリー少年があの偉大なる喜劇役者の少年時代の姿であったとしてもふしぎはない。しかし後になって、チャップリンは、この夜の冒険を一度として語ったことがないのだから、彼がチャーリー少年と同一人であったかどうか、それを確かめるすべはない。

それに——。

小舟で河を渡り、城に潜入したとたん、竜之助と、金之助の二人は、あの馬車の三人組に襲われたのだった。まったくもって、チャーリー少年が、後世、天才的な喜劇役者になるかどうか、などの話ではなかった。

暗いところでいきなり襲撃された。水門の奥、舟着き場に横着けし、まだ櫂《かい》から滴《しずく》が滴《したた》り終わらないうちのことだ。青い手斧の刃が闇を切り裂いて頭上に落ちてきた。その直前、闇にまぎれ、しかし、それよりさらに黒々と、三羽のカラスが舞っているのを視界の端に認めることがなかったら、頭蓋骨まで両断されていたことだろう。竜之助は、とっさに金之助を突き飛ばし、刃の下をかいくぐりざま、仕込みを抜き払い、相手を胴薙《な》ぎにした。

そのときには前方の闇のなかから槍が突きだされるのを目にとらえている。ランタンの光に槍の穂がギラリと光った。迷わずに突進した。下手に避けようものなら、水ゴケでヌルヌルとした石場に、足を滑らせることになったろう。返す刀で槍の茎《なかご》を両断し、さらに走り抜け、相手を真っ向から唐竹割《からたけわり》にした。日本の槍と違い、西洋の槍は茎を切りやすい、という予備知識があった。そうでなければ、こんな無謀な戦法はとらなかったにちがいない。これで二人――。

ピュッ、という風を切る音が耳を打った。それが鞭の音だとはっきり認識したわけではなかった。そうと認識するまえに、体が勝手に動いて、切れた槍を拾い上げていた。クルクルと背後から首に鞭が巻きつくのと、槍の穂を後ろ、肩越しに投げるのとがほとんど同時だった。たしかな手ごたえがあった。穂は背後の襲撃者の胸に刺さったはずだ。その証拠に、首に巻きついた鞭は、そのまま力を失って、石畳に落ちていった。

身を反転させ、次の襲撃に備えたのは、剣術遣いとしてのいわば第二の本能のようなものだが、すでに相手を斃《たお》したことは完全に確信していた、それなのに――。

「何！」

三人の男たちはいずれも斃れてはいなかったのだ。

一人は蘇芳《すおう》を浴びたように頭を真っ赤に染め、もう一人は胴からヌメった腸をはみ出させながら、最後の一人は胸に槍の穂を突き刺したままで、それでもなお竜之助に向かってじりじり歩を進めているのだ。

「おまえたちは……」

さすがに竜之助は恐怖に心が粟立《あわ》つ思いにかられた。自分の刀術に絶対の自信を持っていただけに、それが通用しないとわかったときの恐怖、その衝撃は、何倍もの反動になって返ってきた。

「そうか」竜之助はうめいた。「おまえたちはとっくに死んでるんだな」

ガボッ、というような吐瀉《としゃ》音とともに、金之助が石畳に血を吐いた。ふらふらと膝をついた。茫乎《ぼうこ》とした視線を虚空《こくう》に向けながら口のなかでつぶやいた。

「血の海や石に漱《すす》ぎて滅びなば――」

俳句だろうか、にしても意味不明な句ではあるが。――ただでさえ金之助は胃を病んでいるのだ。切られても、突かれても、動きまわる無気味なものどもを目のあたりにし、その恐ろしさに一時的に精神に失調をきたし、そのために胃の潰瘍《かいよう》が潰れたとしてもふしぎはない。そのまま金之助は石畳に伏してしまった。もうピクリとも動かない。

「夏目さん――」

竜之助はあわてて彼のもとに駆け寄ろうとした。

と、そのとき――。

「その御仁《ごじん》は病気のようだ。ご心配なく。われわれのほうですぐにロンドンにお送りしますから――」

背後からそう声が聞こえてきたのだった。穏やかで、しかし、どこか怜悧《れいり》で、冷然とした響きを持つ声が。――

「われわれは味方同士じゃないですか。何もこんなふうにいがみあう必要はないのではないですか」

振り返った竜之助の目に、山高帽子をフロックコートの胸に当て、たたずんでいる男の姿が映った。五十代なかば、というところか。その姿は端然とし、典雅でさえあるのに、ふしぎなまでの威圧感をかもし出していた。

一目でその正体が知れた。この人物は名前だけがわかっていて、写真すら一枚も世に流布《るふ》していないのだが、それでも竜之助の世界ではきわめつけの有名人といっていいからだ。

「ミスター・ホームズ……マイクロフト・ホームズ……」

竜之助のその声には畏怖《いふ》の響きが混じっていたかもしれない。この人物についての伝説はそれこそ数えきれないほどにある。

「わたしの名前をご存知ということは――ミスター橋爪はわが党派の方ということでしょうな。自称なさっているような海軍主計士官にあらずして――情報将校《インテリジェント・オフィサー》なのだと理解させていただいてよろしいのでしょうか」

マイクロフトはそういうと、その肥《ふと》り肉《じし》の体からは想像もつかないほど優雅に一礼して見せた。

5

いきなり目が覚めた。夢をみたかもしれないが覚えていない。思い出そうとするつもりもない。それどころではない。

鉄格子の狭い窖《あなぐら》のような牢獄に押し込められていた。むろん鉄格子には鍵がかかっている。寝台すらない。床一面にワラが敷きつめられているのが寝具がわりだ。隅におまるが一つ。それだけが唯一の獄舎の設備といっていい。要するに人間あつかいされていない。

夢どころではない——といったのは目を覚ましたこの現実がすでに夢、それも途方もない悪夢であって、なにもことさら睡眠に夢を求める必要などないからだ。

それというのも鉄格子の外は広い廏舎《きゅうしゃ》のようになっていて、そこに屍者《ししゃ》たちが何十人となくひしめいているからだった。

ひどい悪臭だ。いや、いっそ腐臭といったほうがいいか。それとも屍臭《ししゅう》か。いたるところに蛆《うじ》の群れがうごめいていた。それに真っ黒に蝿がたかっていた。

いずれもあさましいとしかいいようのない亡者たちで、ただもう血と汚物と膿汁《のうじゅう》にまみれながら腐肉のようにうごめいている。——たぶん、そのなかば腐りかけているであろう脳髄《のうずい》には、理性の一片すら残されておらず、ただ闇黒《あんこく》の衝動と凶暴な怒りだけが渦巻いているのにちがいない。

見るだにおぞましい、じつに吐き気をもよおさずにはおかない光景だった。幸いにも、というべきか、廏舎のなかはうす暗く、細部まで見てとれるだけの光量がない。

廏舎はちょうど二階の高さ、その壁に沿ったぐるりに通路をめぐらし――おそらく屍者の手が届かないところという配慮からだろう――そこにだけ数えるほどのランタンが配されている。光は下階に届くほど豊富ではない。

立ちあがり、鉄格子に近づこうとして、壁に引き戻された。両手首を縄で縛られ、天井の梁《はり》から吊るされているのだった。いつのまにこんなことをされたのか？　思い出し、情況を理解するのに、すこし時間がかかった。

あのあとマイクロフト・ホームズに別室に案内された。ワインをふるまわれながら少し話をした。警戒の必要を感じさせなかった。マイクロフトがいみじくもいったように日本と英国とは「味方同士」の関係にあるからだ。

英国は中国における自国の権益を保持し、南下するロシアを牽制するために、日本は朝鮮や中国における権益を維持するために、たがいにたがいを必要とした。いま現在、まさにこのとき一九〇二年一月に、ダウニング街十二番で日英同盟が結ばれようとしていた。事実としてそれは軍事同盟に他ならなかった。

竜之助が知りたいのは「どうして英国情報部が定期的にロンドン貧民街から行き倒れの屍体を回収しているのか」というただその一点に尽きる。英国としてもあまり大っぴらにできることではないのだろう、と推測したから――そうでなければ情報部が秘密裡に動いたりはしないだろう――ひそかに内偵したのであって、英国側から好意的に情報を提供してくれるのであれば、それにこしたことはない。

マイクロフトはそれを説明するのに「アジア的生産様式」という表現を使った。何でも、かのカール・マルクスがその著書で使った言葉で、資本主義に先行する階級社会の一例として挙げたものなのだという。マルクスがそれで何をいわんとしたのか諸説あるが、マイクロフトはそれをアジア社会に特有の歴史段階であり、欧州の奴隷制度や封建制とは似て非なるものと理解しているらしい。「アジア的生産様式」では屍者までもが資本として消費されるのだという。

「わが国は屍者を利用するのに『ハーバート・ウエスト・システム』を採《と》っている——これはいまのところ国家的機密ではあるが、各国列強の情報機関にはすでに周知のことではある。いうまでもないが、この『ハーバート・ウエスト・システム』にはそれなりの費用がともなう。つまり、あらかじめの投資が必要とされる。けれども貧民街での死者《ボディ》たちには『ハーバート・ウエスト・システム』を援用しなくても自然に屍者《デッド》となる者がいることがわかった。つまり、わが国において、最下層の貧民街はいまだ『アジア的生産様式』の段階にあるようなのだ。貧民街の死者を屍者として再利用できればこれがどれほど戦争に有益に働くことになるか説明するまでもないだろう。つまり、われわれはここでその研究をしているわけなのだよ」

竜之助がその説明に一点納得しきれないものを覚えたのはどうしてだろう？　なぜか妙な違和感を覚えた。アジア的生産様式、という言葉になにがなし違和感のようなものを覚えたからかもしれない。

「アジア的生産様式？　……待ってください。もしかして貴国は今度の同盟でひそかに日本に屍者の提供を期待しているのではないですか。わが国そのものがいまだにアジア的生産様式の段階にあるとそう理解なさっているのではないのですか」

それにはマイクロフトは肯定も否定もしようとはしなかった。ただ穏やかな微笑を浮かべて慇懃にワインのおかわりを勧めただけだった。

いま思えば、まさに竜之助は英国が日英同盟にひそかに期待する最大の秘事をいみじくも言い当ててしまったのかもしれない。――つまり英国はこの同盟によって日本からほとんど無尽蔵に近い屍者の提供を期待したわけなのだろう。

竜之助にもうすこし英語力があれば慎重な言い回しを選ぶこともできたろう。が、肝心なとき、通訳を期待した金之助は、すでにその場にはいなかった。そのためについ竜之助の表現があまりに直截なものになりすぎたのだった。

それで竜之助は眠り薬を飲まされるはめになってしまったのだろう。あのおかわりのワインは飲むべきではなかったのだ。

――このあとマイクロフトはぼくをどうするつもりなのだろう？

が、考えるまでもなく、悩むまでもないことだった。――そのとき牢の鉄索《てっさく》が跳ね橋のように鉄鎖に引きあげられて徐々に上がりはじめたからだ。屍者たちはそれに気づいてジリジリと牢に近づいてきた。飢えた口をひらき、うめき声をあげ、両手を鉤のように曲げながら。ポタポタと蛆が床に落ち、蝿が黒雲のように渦を巻いた。

牢が完全に開いたら竜之助は屍者たちにバラバラにされてしまうだろう。

――血の海や石に漱ぎて滅びなば。

あの金之助の意味不明な俳句が頭のなかをよぎった。おそらく金之助は自分が石畳に吐いた血塊を見て、おのれの死を覚悟したのにちがいない。しかし「石に漱ぎて……」という言葉は何を意味しているのだろう？

もちろん竜之助は金之助の雅号など知るよしもなかったし、ましてや将来の「漱石」という大作家の出現など予想しうるはずもなかった。それだから金之助の俳句をより直戯に理解することとなった。

文字どおり、竜之助は石に漱いだのだ。口を開けて、何度も、何度も歯を石にたたきつけた。歯がヤスリのように尖《とが》るまで。――激痛が走る。しかし、すぐに口が痺れて、なにも感じないようになってしまう。

血まみれになった口でロープに噛みついた。

ギリギリとロープに牙を食い込ませる。さすがにこのときには痛みが脳天まで走り抜けたが、どんな痛みであれ、屍者の食料にされるよりましだ。

竜之助が縄を噛みちぎるのと、半分、開きかけた鉄格子から、ドッと屍者たちがなだれ込んでくるのとがほとんど同時だった。

いかにして屍者たちの間をすり抜け、牢の外に脱出したのか、竜之助もよく覚えてはいない。ただ身にそなわった剣術の身のこなしが、このときもほとんど無意識のこととして働いてくれたのにちがいない。

ただ一度、歯を剥いて襲いかかってきた屍者の顔に、両手首を縛った縄尻をたたきつけて撃退したのだけが記憶に残された。

　こんな場合に変な話だが、縄に付着した血が意外に飛び散らなかったのが、妙に印象に残った。

　マイクロフトは竜之助を情報将校だと見抜いたが、いわば擬装として、海軍主計に身を置いているのも事実であって、海軍軍医総監である高木兼寛から海軍の食事の改良を依頼されているのもほんとうのことだった。

　だから、このとき、

　――そうか。カレーに小麦粉を混ぜてやればいいのだ。それで十分に粘り気を与えてやれば、航海中でもカレーが皿から飛び散ることはないはずだ……。

　ということを思いついたとしても何のふしぎもない。

　じつにこのときこそが海軍カレーの誕生の瞬間なのだった。

　厩舎に転げ出たとき――頭上から声が降ってきた。

「これにつかまって」

　二階の廻廊《かいろう》に金之助がいた。ロープを投げてくれた。

　竜之助はロープに飛びついた。懸命によじ登った。足にしがみつこうとする屍者たちの頭を何度も蹴りつけた。どうにか廻廊までよじ登ることができた。

　金之助が竜之助の顔を見て悲鳴をあげた。

「どうしたんですか。その口は」

「なに」竜之助は狼のように牙を剥いて笑った。「石に漱いだだけのことですよ」

そして柱のランタンを取るとそれを下階の床にたたきつけた。石の床にはワラ屑《くず》が散乱している。それに引火した。燃え狂う炎のなかに屍者たちの悲鳴が錯綜した。

「さあ、この隙に逃げましょう」

竜之助は金之助をうながし自分も外に向かって走った。


……漱石が『ロンドン日記』に「女皇ノ遺骸、市内ヲ通過ス」と書いたのは、じつは一年さきの一九〇二年一月のこの出来事を記したのだと仮定すれば、まさに日英同盟が締結されようとするそのときのことを暗喩《あんゆ》したものと理解すべきかもしれない。

ちなみに漱石は日露戦争のあと、明治大学において講演し、

——われわれが平生犬や何かをとりあつかっているところを西洋人に見せては恥ずかしいくらいわれわれは惨酷である、とこう自分も思い、また西洋人もいうのです。しかしながら西洋人だってわれわれだって、人間としてそんなに異なったことはない。すこしまえにさかのぼってみますというと、ずいぶん猛烈な惨酷な娯楽をやって楽しんだものである。

とそうした意味のことを述べている。

戦場の又三郎

1

これまでにも「幽霊戦車」の噂は何度も聞いた。敵の戦車が亡霊となって戦場をさまよっているのだという。そして、敵味方を問わず攻撃してくるのだという。要するに化け物である。

いつから幽霊戦車の存在が囁《ささや》かれるようになったのか、さだかではない。五月に入ってからのことだったろうか。いずれにせよ、戦局が絶望的に不利になってからのことであるのは間違いない。

第六十二師団の残存兵力はすでに三千を切ったという。じつに当初兵力の三分の一である。この兵力では首市を防衛するのさえおぼつかないだろう。

過ぐる五月四日黎明《れいめい》、船舶工兵と海上挺身《ていしん》戦隊の決死隊が東西両岸で敵の背後に逆上陸を企てた。それに呼応して二十四師団を主軸とする友軍は北方に出撃した。

起死回生、乾坤一擲《けんこんいってき》の反攻に挑んだわけだが、戦局利あらず、敵の陸、海、空三方からの集中攻撃を受け、その二日間における友軍の遺棄《いき》死体はじつに六千余の多数に上った。

このころから幽霊戦車の存在が囁かれるようになったのではないか。

軍司令官のこの命令が発せられてのちのことだったと記憶している。

今や戦線錯乱し、通信もまた途絶《とぜつ》し、予の指揮は不可能となれり。自今、諸氏は、各各《おのおの》その陣地に斃り、所在上級者の指揮に従い、祖国のため最後まで敢闘《かんとう》せよ。さらばこの命令が最後なり。

最初、それは「幽霊戦車《ゴースト・タンク》」と呼ばれていたらしいのだが、いつしか別の呼称で呼ばれるようになった。猿谷《さるたに》嘉助《かすけ》は、何度聞いても、それを覚えることができずにいた。なにしろ聞き慣れず、不思議な名前なのだ。むろん英語名ではないし、他のどの言語にもそれに該当する言葉は見当たらないのだと聞いた。発音するのが難しく、どんなに覚えようとしても、ふしぎに記憶に残らない。

ついには、それを手帳に書きとめ、どうにか記憶にとどめることができるようになった。すなわち、幽霊戦車《クトゥルフ》である。

まるで島を一薙《ひとな》ぎし、地上から消し去ろうとするかのように激しい雨が降った。

嘉助が、両親とともにこの地に移り住んだのは、中学に入ってすぐのときだった。それから、すでに十年近くが過ぎ、今や嘉助も巡査を拝命する身になった。いまさら豪雨などめずらしくはないが、さすがにここまで激しい雨はほとんど記憶にない。まるで地上に累々《るいるい》と満ち、無惨に屍《しかばね》をさらしている死者たちの無念と悲しみを悼《いた》み、それに号泣するかのように猛烈に降ったのだった。

しかし、嘉助と行動を共にしている稗田阿礼子《ひえだあれこ》、縋里江《すがさとえ》、戎衣尚子《じゅういなおこ》の三人は、苦難にみまわれ、絶望にさいなまれればさいなまれるほど、逆に活力が湧いてくるという、ふしぎな個性の持ち主たちだった。

このときもこの豪雨にむしろ、はしゃぎさえした。若い尚子にいたっては雨に両手を突きあげ、笑い声をあげたほどである。

「私らは、この雨で体を洗います。身を清めます。どうか、あなたはここで誰も来んように見張っててください。まちがっても私らの裸を盗み見ようなどという了見は起こさないように。そんなことをしたら目がつぶれますよ。いいですか、わかりましたか」

三人の女性のリーダー格である阿礼子がおごそかにそう嘉助に言いわたした。

「はい、わかりました」

嘉助もうやうやしくそれに応じた。なにか妙に神妙な気持ちになり、柏手《かしわで》の一つも打ちたいところだった。

彼女たちはいずれも以前は市内百貨店の化粧品売り場で働いていた。戦局が激しさを増し、防空監視隊本部に派遣されることとなった。その警察部壕（警察本部隊が避難している防空壕）で嘉助と知りあった。阿礼子は売り場で主任を務めていたという。それだけに、どんな窮地《きゅうち》に陥《おちい》っても、それに動じないだけの沈着さとたくましさを備えていた。この島に昔から伝わる巫女《みこ》の血を引いているとかで、ちょっとした霊感のようなものがあるらしい。当人はそれを恥じ、その能力をあまり表に出そうとはしないが。

里江は太っている。どうして、いまにも食料が尽きかけようとしているこんな状況で、そこまで太っていられるのか、とふしぎに思えるほどである。太っていても、いや、それだからこそなおさら、この人は美しい。つねにニコニコしていて、ほとんどしゃべらないが、世話好きで、いつも人のことを気にかけているのが見てとれる。

尚子はちょっと見にはまだ十五、六歳のようにしか見えない。体つきもほっそりとしていて少女のようだ。そんな尚子が、いつもくくりヒモで赤ん坊を背負っているので、ギョッとさせられるのだが、その子は彼女の赤ん坊ではない。迫撃砲弾の集中攻撃をあびて死んでしまったお姉さんの赤ん坊を引き取っているのだ。

猿谷嘉助は素朴な若者である。もともとは花巻の人だった。十一歳になったとき、父親の仕事の都合で、この南の島に一家で移住してきた。東北と、この南の島とでは気候、風土はもちろん、人の肌ざわりのようなものからして微妙に違う。そのことに馴染めなかったのかもしれない。両親はあいついで亡くなった。花巻の親戚《しんせき》からはしきりに、故郷に戻ってこい、とも勧められたのだが、嘉助は両親とは逆に、この地の人々、その風土に離れがたいものを覚え、どうあっても帰郷する気にはなれなかった。

島に残り、苦労の末、どうにか学業を終え、警察官を奉職《ほうしょく》した。警察官であればよもや喰いはぐれることもないだろうと熟考したうえでのことだったが、戦争のことまでは考慮に入れなかった。

敵が上陸してきてから後は、警察部壕に入り、もっぱら壕と警察署との連絡業務に当たった。終日、敵からの砲爆撃が激烈に実行されたが、わずかに夕刻の一時間だけ、それが止んだ。その空隙《くうげき》を縫って、警察壕と警察署との間を往復するわけなのだが、これが命懸けの任務であることは論を俟《ま》たない。

嘉助はその任務において、非常に有能であった。ために、その能力をかわれ、特別任務を授かることとなったのだった。

警察部壕内には、元・防空監視隊の女子隊員や、警察署各課の女子職員など十数人の婦人が残されていた。

しかるに、五月某日《ぼうじつ》、前線の海軍根拠地司令部から、彼女たちを看護婦として徴用《ちょうよう》できないか、との申し入れが署に伝えられた。

この絶望的な戦況において、最前線に赴任《ふにん》させるのは、みすみす死地に赴《おもむ》かせるも同然である。これまでの彼女たちの苦難を思えば、あえて海軍からの要請を無視し、後方の指導挺身隊本部壕まで撤退させるべきではないか、という意見が大勢《たいせい》を占めた。

「彼女たちに、前線からの要請があった、と伝えようものなら、少しでもお国のお役に立ってから死にたい、と志願する女子が必ずや何人か出てくる。それはさすがに忍びない。そうなる前に後方に撤退させるべきである」

というのが署長代行の弁であったという。

海軍に逆らうのであるから、場合によってはその責めを負わされることにもなりかねないが、それが何だというのだろう。いまさらそれに怯《ひる》む警察官は一人もいなかった。

嘉助は女たちを護衛して後方に送り届けるのを命じられた。困難きわまりない任務ではあるが、しかし民間人を助けるのが、警察官たる者の本来の役目である。むしろ本懐《ほんかい》というべきかもしれない。

警察部壕・部長室——その三畳ほどの広さしかない壕窟《ごうくつ》で、特高・警務課長の同席とともに、警察本部長から命令を受けた。

その言葉はいまも嘉助の耳にこびりついて残されている。忘れられない。

「残念ながら、戦況は空、陸、海ともに敵に圧倒され、補給路を完全に絶たれた。内務省への通信手段といえば、わずかに電信での緊急重要事項の発信のみが残されているが、これとて途絶されるのは時間の問題であろう。そうなれば、県民の苦闘、国家への絶大なる献身を政府に伝えうる者は誰もいなくなる。そこで君には内務省への報告の重責を負ってもらう。君はただちに女子隊を結成し、彼女たちをともない、島を脱出し、あらゆる手段で東京に赴き、内務省に本島の戦況を克明《こくめい》に報告してもらいたい」

この命令を言葉どおりに受け取るほど嘉助はバカではない。暗に、女たちを島から脱出させろ、と命ぜられているのだとはわかったが、おびただしい敵の軍艦、飛行機に占拠《せんきょ》されている海を渡って本土に向かうのは、命を捨てろ、と言われるに等しい。本島南にある海軍司令壕にて、海上突破用の船を調達する、という指示にしてからが、あまりに杜撰《ずさん》にすぎて、ほとんど実現の可能性がないように思われた。

自分一人のことならば、どんなに無謀な作戦であろうと、それに従うのにやぶさかではないが、女子十数人をそれに同行させるとなると、話は別だ、とてものことに責任を負いかねる——上司の命にそむくのは本意ではないが、やむなく、この命令は受けかねることを正直に言上《ごんじょう》した。

が、警察本部長は嘉助の抗議を受け入れようとはしなかった。

「無理な作戦であることは最初から重々承知している。しかし、それを承知で、あえて君にこのことを頼むのだ。君の上司から、君には妙な強運がつきまとっている、という話を聞いた。どんな困難な任務であろうと、君にはそれをやってのけられるだけの力があるそうではないか。だから、無理を承知で、君にこうして頼むのだ。これ、このとおりだ。頼む、頼む」

警察本部長に頭を下げられたのでは、一巡査にすぎない嘉助が、それを拒否するわけにはいかなかった。

翌日未明、女子十数人を引き連れ、警察部壕をあとにした。

拳銃、それに手榴弾《しゅりゅうだん》一個を携行《けいこう》した。八発装填《そうてん》の弾倉を十個渡された。それだけが武装のすべてである。十個の弾倉を撃ちつくせば、それでもう弾は尽きる。サーベルさえ、重くて行動に支障をきたす恐れがある、という懸念から、あとに置いてきた。

肩書《かたがき》と記章を取った制服上着、戦闘帽、作業ズボンに巻脚絆《まききゃはん》を巻き、地下足袋《じかたび》を履いた。もとより兵士ではない、さりとて民間人でもない、所属不明としか言いようのない服装だった。

女たちは万が一のときに備えて、それぞれ自決用の青酸カリを一包ずつ支給されている。これも戦闘に際して何の役にも立たないことは言うまでもない。

女たちのなかには砲撃で死んだ巡査の未亡人がいる。妊娠していた。彼女を無事に後方に送り届けたいという思いは警察部壕の警察官全員に共通した思いだ。そのために産婆《さんば》の経験のある里江を同行させたのだった。

嘉助以外の男性といえば、重傷を負い、警察部壕に身を寄せていた軍医が一人、同行を命ぜられただけである。

若い、おそらくは医専（旧制医学専門学校）出身の軍医少尉——新藤一郎《しんどういちろう》という名だという——にいたっては、砲撃に天幕ごと吹き飛ばされ、重傷を負い、歩くのがやっとの有り様だった。拳銃も、軍刀さえも持たされず、おそらくこれは自決用のためだろう、手榴弾一個のみを携行していた。要するに、警察部壕から厄介払《やっかい》いされた、というのが本当のところであったにちがいない。

わずかな弾を支給されただけの嘉助がどれだけ護衛の役に立つか。名目はどうあれ、ただたんに道案内の任務を仰《おお》せつかった、と考えるのが妥当であったかもしれない。

警察部壕を脱出し、およそ十一キロ南にある村をめざした。十一キロといえば女子の足でも三時間、まずは四時間あれば踏破《とうは》できる距離であるが、敵の砲撃を避け、山中に難を逃れての行程である。踏破するのにまずは二日を見越さなければならなかった。

夕刻、道なかば、山中において洞窟《どうくつ》に行き当たった。

そこで一夜を明かすことにした。

女たち、それに負傷した軍医少尉を洞窟内に避難させ、嘉助、それに三人の女たちで偵察に出た。

二百メートルほど進んだところで、この豪雨にみまわれたのだった。

雨のシャワーを浴びている間だけ、という約束で、尚子から赤ん坊を預かった。泣き出さないように、機嫌を取らなければならない。

小学生の頃、まだ家族と一緒に花巻近辺の農村で暮らしていた頃、農繁期《のうはん》には、よく子守がわりに赤ん坊を預かった。村の子供たちは八歳を過ぎたころには、もう赤ん坊の扱いには慣れていた。農村の暮らしは忙しく、人手が足りず、子供といえども遊んでばかりはいられなかった。

どうやら尚子は母親の本能のようなものでそのことを見抜いていたようである。迷わずに赤ん坊を嘉助に預けた。

「大丈夫かしらね」

阿礼子は不安がったが、何、大丈夫さ、あんたよりはよほど赤ん坊の扱いに慣れているようだ、と里江が太鼓判《たいこばん》を押した。

里江にそう言われて、阿礼子も納得したらしい。

「あ、いや、俺、赤ちゃんの世話なんかできるかどうか」

嘉助は赤ん坊を押しつけられ、そのときはあたふたしたが、すぐに子供時代のことを思い出し、落ち着きを取り戻した。

そんなふうにして赤ん坊を抱いていると、子供時代のあれこれ、一年生から六年生まで、全部で一組しかなかった小さな小学校のことどもを思い出し、不思議な懐かしささえこみ上げてきた。

「この子、なんと呼んだらいいですか」

行きかける尚子にそう尋ねた。

「まだ名前ついてないんです」尚子は申し訳なさそうに言う。「旦那さんは南方で戦死したし、お姉ちゃんはその子を産んですぐに死んでしまったから」

まだ名前がないのでは仕方ない。とりあえず〝赤ちゃん〟とでも呼ぶことにしようか。

「すいません、できるだけ早く帰ってきますから」尚子が頭を下げる。

「赤ちゃんの世話、しっかりね」と、これは里江。

「すぐに戻ってくるから」最後に阿礼子がそう言い残した。

「大丈夫ですよ。ご心配なく」

嘉助は闊達《かったつ》な若者だ。この時代の男たちに支配的な男尊女卑の悪風に毒されていない。

2

斜面を原生林に覆《おお》われた、谷あいの、あぜ道が何条にも交差する場所である。狭い畑がそこかしこにあったが、激しい砲撃に蹂躙《じゅうりん》され、ほとんど原形をとどめてはいなかった。一面、見渡すかぎりのぬかるみと言ってよかった。黒と黄土色の泥濘《でいねい》地のうえを雨水がいたるところ浅い川のように音をたてて流れていた。

その一隅に壊れかけた小さなお堂があった。入り口の格子《こうし》戸がなかば取れかかっていて、バタンバタンと開閉を繰り返していた。

嘉助は雨を避け、そのお堂のなかに入り、赤ん坊を抱いたまま、あぐらをかいて、すわった。

ここまで戦況が追い込まれても、不思議にこの島は山羊《やぎ》だけは多かった。母乳もなければ、牛乳もなかったが、山羊の乳だけはふんだんに赤ん坊に与えることができた。

腹もくちくなったし、オシメも替えたばかりでまだ濡れていない。赤ん坊はスヤスヤと機嫌よく眠り込んでいた。

嘉助もまた、雨音を聞き、扉の開閉するリズミカルな音を聞いているうちに、いつしかウトウトとしてしまったようだ。

この南の島は暖かく、雨に濡れても、それで体が冷えるということはない。むしろ、心地のいい涼しさの中にあった。いつしか眠りに誘われたとしてもふしぎはない。

そのうち雨がやんだ。扉の開閉もおさまった。——急に静けさにみまわれたことで、かえって目が覚めた。雨が上がり、強い陽《ひ》が射すと、地上に低く水蒸気が垂れ込めた、視界が一面に霞《かすみ》がかかったようにけぶる。

赤ん坊を抱いて外に出た。見るとはなしにぼんやり周囲を見わたした。

「……」

霞の壁の一点を見つめた。すると向こう側が透けて見えるはずなのにその霞が渦巻きのように回転し始めたかのように感じられた。ぐるぐる目が回ってしまって結局は何も見えない。いや、見えないと思ったのだが……

そうではない。じつは、それが見えていた。見えていながら、しかし本当には見ていなかった。人は、あまりに想像を絶し、悲惨すぎるものを目のあたりにすると、ついそれを見過ごしてしまうものらしい。網膜《もうまく》に認知されても、意識がそれを見るのを拒否してしまう。理性が覆われてしまう。

が、結局のところ、見るべきものを見ずにはいられない。どんなに理性で拒否しても、現にいま目にしているものを拒否し続けるわけにはいかないのだ。

目に見えない何物かが靄《もや》に両手をかけてそれをバリバリと真っ二つに引き裂いたかのようだった。その向こうからそれが現れた。ゆっくりと進み出てきた。

最初に見えたのは長い砲身だった。その背後から太った大きなドラム缶のような砲塔がゆっくり迫《せ》り出してきた。

それまで靄がすべての音を吸い尽くしたかのように静寂がしんとあたりを支配していた。雨が止むと、真っ先に鳴き出すはずの小鳥の声さえ死に絶えたように聞こえてこなかった。

あとから思い出して、なにか異様な感覚にみまわれたのだが、このとき周囲の風景がすっぽり異なる世界に落ち込んだような、奇妙な、むしろおぞましいとさえ言っていい静寂にすべてが包み込まれたかのように感じられた。

はっきりと異様だった。しかし、その静寂を異様と意識するよりまえに、もっと異様なものに理性を蹂躙された。

靄の彼方から立ち現れたその砲身、砲塔はすべて死者たちで構成されていたのだ。バラバラになった首、胴体、手足が、あるいは完全に白骨化し、あるいは多少の肉を残し、累々と積み重なり、繋ぎあわされ、一台の戦車を構成していた。ドロドロのぬかるみに沈み、それでもかろうじて前進を続けるその履帯《キャタピラ》にしてからが、無数の人間の骨をつなぎ合わせてベルトにしたものなのだった。

赤ん坊が、火がついたように泣き出した。手足をバタバタさせた。

それでようやくこの世界に音が蘇《よみがえ》ったようだった。キーン、と鼓膜《こまく》が鳴り渡るような音が響いて、音がドッと一気に世界に押し寄せてきた。

が、だからといって、それを歓迎する気持ちになどなれなかった。なれるはずがない。

なぜなら、キャタピラが泥地を進むたびに、ベキベキと骨がへし折れ、肉がミシミシと潰される音が響きわたるからだ。まるで動く人体圧搾《あっさく》機だ。こんな音を聞いて喜ぶ人間などいようはずがない。

——何だ、これは……

あまりのことに赤ん坊を抱いたまま、その場に呆然と立ちつくした。

砲身の先になかば朽《く》ちかけ、腐汁《ふじゅう》と蛆《うじ》とをポタポタ落としつづけている顔が一つ、くっついていた。その顔は髪がすべて抜け落ち、男女の別さえさだかではない。しかし銅色に腐りかけ、なかば死蝋《しろう》と化し、なおその表情は知性的な端正さを失わなかった。ゆっくりとその瞼《まぶた》を開いた。上唇《うわくちびる》が腐り落ち、歯が剥《む》き出しになったその口で何事か小声で言った。口の端から蛆が大量にこぼれ落ちた。銀蠅《ぎんばえ》が飛びたった。祈りを唱《とな》えたようにも、呪詛をつぶやいたようにも聞こえた。

——あ、あ、あ……

自分に目があるのが恨めしい。見てはならないものを見なければならないのが呪わしい。

——イヤだ、イヤだ……

あまりのことに意識が完全に麻痺してしまう。恐ろしいという気持ちさえ湧いてこなかった。下半身がじわっと温かくなるのを感じた。失禁してしまったのだ、ということはわかったが、それすら遠い世界の他人事のようにしか感じられなかった。離人症の最たるものに襲われた。

ただ意識の果て、遠い異次元の地平線に、何物か人間ではないものが大声でこう叫ぶのを聞いたように感じた。

「クトゥルフ、クトゥルフ……」

ああ、そうか、これが噂に聞いた幽霊戦車《クトゥルフ》か、と思った。そう思ったのが契機になってにわかに意識が冴えわたるのを感じた。

幽霊戦車《クトゥルフ》の進む先に女たちが避難している洞窟がある。洞窟は、それほど深くはない。入り口に立てば、洞窟の奥に隠れている女たちの姿を見通すことができるだろう。その先は行き止まりになっている。砲弾を撃ち込まれれば、あるいは火炎放射器で一舐《ひとな》めされれば、女たちは全滅せざるをえないだろう。彼女たちはおよそ考えうるかぎり最悪の惨《むご》い死を死ぬことになる……

赤ん坊を堂のなかに入れたことは覚えている。板敷きのうえにソッと寝かせた。

「いい子にしてるんだよ」赤ん坊にソッと囁いた。「すぐに戻ってくるからね」

が、それから先、自分が何をしたのかはよく覚えてはいない。気がついたときにはお堂の外におどり出ていた。両足をひろげ、拳銃を両手でかまえ、それを突き出していた。

幽霊戦車はすぐ近くまで迫っていた。もはや十メートルとは離れていない。

あまりの不気味《ぶきみ》さ、おぞましさに涙が噴きこぼれた。こんなものがこの地上に存在していいはずがない。

ふわあああぁああ、と喉《のど》の底から絶叫を迸《ほとばし》らせた。それに銃声が重なった。

標的は大きい。狙いも何もあったものではない素人《しろうと》同然のガク引きだがそれでも狙いを外す心配はない。

反動もたいしてない。全弾が命中した。

火花が散った。銃弾が腐肉に食い込んだ。膿《うみ》のような汁が飛び散った。砕けた骨がパラパラとこぼれ落ちた。が、拳銃弾で戦車の前身を阻むことなどできるはずがない。戦車は何事もなかったように前進をつづける。骨と皮片、それに筋肉繊維をつなぎあわせたキャタピラが、こぼれ落ちた骨片をばりばりと踏み砕いた。

車体のどこからかボトリと片腕が落ちた。真っ黒に変色した片腕だ。キャタピラの回転に巻き込まれ、ぐるりと上がって、そこで嘉助に、おいで、おいで、をするように、ひらひらと上下に振れた。おいで、おいで、地獄においで……

「ぬはっ」

嘉助の喉から声が洩れた。一瞬、悲鳴かと思った。そうではなかった。

その喉から迸しったのは笑い声だった。ぬははは、は、ははは、と狂ったように笑い続けた。笑いながら、拳銃の弾倉を入れ替えた。そして、また撃った。撃ちながら、俺は何を笑っているんだろう、と訝《いぶか》しんだ。何がそんなにおかしいんだろう。

おかしいことなんか何もなかった。ただ恐ろしく、おぞましいばかりだった。しかし、迫り来る幽霊戦車《クトゥルフ》を目前にして、どこか神経の糸が一本切れてしまったかのようだった。そのために悲鳴を上げるべきときに笑ってしまう。が、そうした感情の誤作動はともかく、生理的な反応はきわめて正直だった。総毛だっていた。

撃って、撃って、撃ちつづける……瞬く間に八発を撃ちつくす。が、幽霊戦車に何の危害も及ぼすことができずにいた。ただ腐肉と、膿汁と、骨を意味もなくまき散らしただけだった。

キリキリキリ……とキャタピラが泥を咬《か》んで前進する。その砲口の両脇にくっついている亡者の顔が、一方は悲しげに目を伏せ、もう一方はにんまりと笑った。その目から血の涙が滴《したた》り落ちた。

嘉助はまた弾倉を入れ替えようとした。

が、新たな弾倉を握りしめたまま、その手が空しく宙《ちゅう》をさまよった。

嘉助の理性が焼け切れようとしていた。自分がいままさに何をしようとしているのか、それさえ把握しきれずにいた。要するに発狂寸前まで追いつめられていた。ヘラヘラと笑っていたが、すでにその笑いをおかしいと認識するだけの理性すら失っていた。

幽霊戦車の砲塔には機銃が装着されていた。その銃口が嘉助を狙って上下に微調整されていた。機銃の破壊力、殺傷力はとうてい拳銃の比ではない。いったん、それが発射されれば、嘉助は挽肉《ひきにく》のようにずたずたにされてしまうだろう。

それがわかっていて、嘉助はなお逃げることができずにいた。恐怖のために手がしびれ、足がすくみ、そのしびれ、すくみさえ認知できないほどに、理性が蒸発してしまっていた。ただ撃たれ、死ぬのを待つばかりだった。死んでしまえば、俺の死体もまた、あの戦車に飲み込まれ、吸いつくされるのだろうか。

鈍い意識の果てに、そうぼんやり感じたとき、視野の隅をサッとかすめるように何かが動いたのが見えた。

――あ？

一瞬遅れて、それが尚子の姿であったことが理解に届いた。尚子は、立ちすくんでいる嘉助の横を走り抜けて、お堂のなかに飛び込んでいった。赤ん坊を抱き上げるとすぐに外に飛び出してきた。

嘉助よりも、むしろ幽霊戦車の反応のほうが速かった。まるで独楽《こま》のように砲塔が回転した。砲身と機銃が逃げる尚子に向けられた。

「あ……」

それを見てようやく嘉助の意識のスイッチが入ったようだった。何を考えるよりも先に体が勝手に動いていた。砲塔の正面に回り込んで、その砲口、銃口のまえに体をさらけ出した。捨て身で尚子と赤ん坊をかばったのだ。みずから盾《たて》になった。

弾倉を装填し、弾を薬室に送り込んだ。そして、たてつづけに撃つ。結果は変わらない。銃弾が戦車に通用するはずがない。それがわかっていて、しかしそれでも撃ち続けずにはいられなかった。少なくとも、こうしているうちは尚子と赤ん坊から幽霊戦車の注意をそらすことができるのではないか。

すでに機銃は嘉助に正面から向けられていた。その黒々とした銃口が嘉助の目には死神の瞳のように見えた。

――死神に見つめられ、魅入られた人間は、たちどころにその場で死んでしまう。

というあの言い伝えは生まれ故郷の岩手で聞いたものだったろうか、それともこの南の島に渡ってから聞いたものだったか？

嘉助はすでに自分が死ぬのを覚悟していた。銃弾に体が引き裂かれるその冷たい感触さえありありと体に覚えていた。また全弾を撃ち尽くした……

「何やってる」頭上から女性の声が聞こえてきた。「早く逃げな」

その声とともに拳ほどの大きさの石が頭上から幽霊戦車に飛んできた。ガツン、ガツン、という金属音を放って、石が跳ね返る。石は後から後から飛んでくる。

見れば、阿礼子と里江の二人が、小高い盛り土のうえに上がって、懸命に石を投げ続けているのだ。二人とも泥まみれになっていた。

もちろん、石が何個あたろうと、銃弾同様、戦車には何の危害も与えることはできない。せいぜいが多少のかすり傷がつく程度だろう。しかし、銃弾と違うのは、拳ほどの大きさの石をぶつけられれば、戦車のなかにいる人間はうるさくてたまらないだろう、ということだ。危害が及ばないにしても、精神的な支障は無視できない。それを考えれば、もしかしたら拳銃で撃つよりも、効果的な戦法と言えるかもしれない——もっとも、この幽霊戦車のなかに、人が乗っているとすればの話ではあるが。

機銃の銃身が仰角《ぎょうかく》に向いた。クマが——それも死んだクマが、ではあるが——うるさく体に纏《まと》わりつくブヨを追い払おうとするように機銃を女たちに向かって連射するつもりのようだった。

——そうはさせない。

嘉助がまた砲塔のまえに走り込もうとしたとき、焙烙《ほうらく》で豆が爆《は》ぜるような、パチパチという音が軽快に鳴り響いた。

機関短銃の銃声だ。嘉助は徴用されたときにそれを聞いたことがある。機銃のまわりに着弾の火花が散った。骨と腐肉が踊るように舞い上がった。

「いまだ、逃げろ」どこからともなく男の声が聞こえてきた。「グズグズするな」

言われるまでもない、嘉助は必死にその場から逃げ出した。盛り土の上の女たちの姿もすでに消えていた。

3

懸命に走る嘉助の体のなかを、

どっどど　どどうど　どどうど　どどう

光る風が吹き抜けた。

森がどよめいた。下生えの叢《くさむら》が、波が寄せるように地に伏す。

木々の葉裏がこぞってひるがえり、一斉に水しぶきを散らせ、日の光を撥《は》ねる。

そのきらめきのなか、嘉助の視野の隅にスルリと人の姿が入ってきた。入ってきたかと思うと、次の瞬間にはもうどこかに消え去ってしまっている。

ほんの一瞬のことだが、その姿はあざやかに記憶に焼きつけられた。

――え？

赤い髪の男の子だった。へんてこなねずみ色のだぶだぶの上着を着て、白い半ズボンをはき、赤い革の半靴を履《は》いていた。

――何だ、あの子は。

ありえない男の子だ。戦場にあんな半ズボンの男の子がいるはずがない。

あわてて視線を走らせる。が、もうどこにもその少年はいない。いるはずがない、いてたまるか、とも思う。

つかのまの幻覚であることはわかっていた。現実のことのはずがない。いま、こうまで戦況がさし迫ったこのときに、あんな外国人のような格好をした少年が、ノンキに島内を歩いていようはずがないからだ。

一瞬のことにもせよ、どうしてあんな幻覚を見たのか、見なければならなかったのか、それが訝しかった。あんな少年にはこれまで一度も会ったことがない。ないはずだ、と思う。

それなのに、なにか妙に胸が締めつけられるように感じるのはどうしてなのか。苦しいまでのこの思い、この懐かしさにも似た感覚をどう説明すればいいのだろう。嘉助にはそのことがなおさら訝しい。

が、今はそんなことに気を取られているべきときではなかった。

女たちを避難させている洞窟は二百メートルほどしか離れていないのだ。

森とも言えないような、木々のまばらな森を隔てて、断崖がそびえている。その崖裾《がけすそ》に洞窟は黒々と口を開いている。つまり洞窟はすぐ近くにあり、しかも丸見えなのだ。いまやもう避難場所とはいえない。

洞窟はそんなに深くはない。しかも奥が行き止まりになっている。つまり戦車に洞窟入り口から砲撃でもされればひとたまりもない。そうなる前に逃げるべきだが、赤ん坊を連れた女たちの足で、どこまで逃げ切れるか、大いに疑問だった。背後から機銃を射《い》かけられれば女たちはほとんど逃げ切れないのではないか。

幸い、と言っていいかどうか、ついさっきの豪雨で、森の中に大量の水が溢《あふ》れていた。斜面を鉄砲水が川のように流れ落ちているのだ。幅はそれほどではないが、水量がバカにならない。

嘉助たちはそこを渡ったのだが、胸ぐらいまでの深さがあった。これでは幽霊戦車は渡河《とか》できないのではないか。深さも問題だろうが、それ以上に地盤が軟らかく、戦車の重量を支えきれないのではないか、と思われた。

とにかく女たちの待つ洞窟に戻らなければならない。嘉助は、濡れないように拳銃を頭上にかざしながら、川を渡った。女たちを先に行かせたことは言うまでもない。

「おまえ、バカか」川を渡っているときに背後から罵声《ばせい》が聞こえてきた。「戦車を相手に拳銃が通用するわけがないだろ」

見れば、やはり両手で機関短銃を頭上にかざし、流れを渡っている男が、嘉助のことを睨《にら》みつけていた。見たところ軍曹《ぐんそう》だろうか。背こそ低いが、がっしりした体つきの、いかつい顔をした男だ。

「戦車……」

一瞬、嘉助には男が何を言っているのか理解できなかった。

あの化け物をただの戦車と呼ぶのか？　男の目にはあれがたんなる戦車のようにしか見えないのか。

「……」

流れを渡りながら、振り返り、それを見た。

それはやはり化け物以外の何物でもなかった。人骨と腐肉を身にまとい、膿汁《のうじゅう》を撒《ま》き散らしながら、流れに迫りつつある。砲口の両脇にくっついている二つの死人の顔がしきりにパクパクと口を開閉させている。何か、喋っているのだろうか。そうだとしても、その声は嘉助のところまでは届かない。ただ口を開けるたびに、そこから大量に蛆がこぼれ落ちるのが、見えるだけだ。

「あれが戦車……あれが……」

嘉助はあえいだ。

あんな戦車がどこにあるというのか。この男は何を言っているのか。

「このバカ野郎」

男の反応は速かった。気がついたときにはもう嘉助のすぐ目の前まで来ていた。その右手がひらめいた。

嘉助は平手打ちを食らわされた。正確で、しかも力のこもった平手打ちだった。この男はよほど人を殴るのに慣れているのに違いない。

力いっぱい、殴られた。ぐわぁん、と耳鳴りがした。流れのなかを後ろによろめいた。

痛いのも痛かったが、それよりも屈辱《くつじょく》感の方がさらに強かった。もちろん、徴兵《ちょうへい》され、新兵だった頃に、何度か上官に殴られたことはある。しかし、いまの嘉助はもうあのころの新兵ではない。民間地を守るために必死に働いている巡査なのだ。いくら軍曹だろうと、無体《むたい》に人を殴る権利などないはずだった。

「てめえ、何を寝ぼけてやがる。あれが戦車でなくて何だというんだ。臆病風に吹かれて、見えるものも見えなくなっちまってるのか」

「あなたの目にはあれが戦車に見えるのですか」

「何を、こいつ、寝ぼけたことを」

男はまた右手を振りあげた。その右手が弧をえがいて嘉助の頬《ほほ》に飛んできた。すんでのところでそれを受けとめた。逆にグイと握りしめてやった。

男の顔が苦痛で歪《ゆが》んだ。嘉助の握力は人より強い。よほど痛かったはずだ。

男と、嘉助とは、激しい流れの中で、その流れに逆らいながら、互いに手を結びあい、よろめきつつ立ちどまっていた。

よそ目には、仲のいい男が二人、手をつなぎあっているように見えたかもしれない。もちろん、実態はぜんぜん違う。この二人の間にあるのは、友情ではなく、憎しみなのだった。

「俺は警察官だ。あんたの部下じゃない。あんたに殴られるいわれはない」嘉助は低い声で言った。「もう一度、確認させてもらう。あんたにはあれがただの戦車のように見えるんだな」

「そうじゃなくて何だというんだ」男は嘉助の手を乱暴に振り払い、流れを先にたって渡り始めた。「巡査だから何だというんだ、バカ野郎」

男の言葉に嘘はないようだった。

どうやら嘉助の目には化け物のようにしか見えないあれが、男の目にはただの戦車のように映っているらしい。男の目が狂っているのか、それとも男が言うように臆病風にふかれて嘉助は妄想にかられているのか。

流れが激しいとはいっても、せいぜい幅が七、八メートルほどしかない流れだ。渡りきるのにさして時間はかからなかった。

そこでは阿礼子と里江の二人が待っていた。

「あんたたちにはあれが戦車に見えるのか」

流れから上がるなり、嘉助はそう二人に尋《たず》ねた。

「無事でよかった、よかった」

里江が少し涙ぐんだ声でそう言った。

嘉助の質問は、おかしな質問だったが、そのおかしさに気づかないということは、やはり彼女たちの目にはそれが普通の戦車のように映っている、ということだろう。

嘉助はそれ以上、そのことを確認する気持ちを失った。

ただ阿礼子が、その一瞬、何かを問いただすような鋭い一瞥《いちべつ》を投げかけてきたように感じた。思い過しだろうか。結局、阿礼子は何も言おうとはしなかったのだが。

「どうする？　このまま洞窟に逃げ込むとあいつに」阿礼子は幽霊戦車のほうを指さして言う。「私らが洞窟に隠れてることに気づかれてしまう。私らはどこか別のとこに隠れて、あいつをやりすごしたほうがいいかもしれない」

「あいつが……」

その口ぶりから、阿礼子の目にもやはり、あれがただの戦車のようにしか見えていないことがわかった。

嘉助はそのことをどう判断していいのかわからないままに幽霊戦車を振り返った。

「ああ……」

思わず声が洩れた。

信じられないものを見た気がした。幽霊戦車が流れのなかにキャタピラを進めようとしているのだった。

非常にゆっくりとではあるが、流れの中に踏み込んできつつあった。

すぐにキャタピラの下部まで水に沈んだ。どうやらキャタピラの隙間から水が流れこんでいるらしい。

どこか、目に見えないところにある孔《あな》から、それをクジラの潮《しお》吹きのように噴き出した。その水滴が霧のように幽霊戦車を包み込んだ。

そんな状態にありながら、しかし幽霊戦車は着実にキャタピラを進めている。そのキャタピラの回転が、舳先《へさき》が水を切るようにゴボゴボと水面を泡立たせる。白い三角波をきわだたせる。――地盤の軟らかさなどまるで問題にしていないかのように。重量などというものをまるで持たないかのように。

それを見て、その姿こそ戦車だが、その実体は戦車とは似ても似つかないものではないのか、フッとそんなことを思う。たとえば――生き物とか。幽霊戦車《クトゥルフ》は生き物なのか。だとしたら……ある突拍子もない考えが浮かんだ。それが嘉助の頭のなかをグルグルとめぐった。そう、だとしたら……

が、嘉助のその考えは中断されることになった。男がこう言ったからだ。

「すぐにあいつは流れを渡るぜ。どこかに避難するしかない。どこに逃げても逃げきれないだろうが」

乱暴で、いやな野郎だが、このときばかりは男の言葉が正しいようだった。

4

男の名前は相沢といった。やはり軍曹なのだという。

義烈空挺隊なる特別編制隊に参加し、敵に占拠された飛行場に強行着陸した。最初こそ善戦したが、やがて各個撃破され、散り散りばらばらになった。

相沢も応戦し、逃げ、また応戦しているうちに、いつしか迷子になった。前線をさまようちに、戦車に追われる嘉助たちに遭遇した。

ふつうであれば、この状況で、相沢のような百戦錬磨の兵隊と一緒になるのは心強いと感じるはずだろうが、この男にかぎっては一切そういう印象は受けなかった。むしろ、その逆といっていい。相沢と行動をともにするぐらいなら、狂犬と添い寝したほうがましなのではないか、とさえ思わせた。

相沢は洞窟に入ってきて、女たちを見まわすなり、

「あいつはすぐにやってくる。洞窟にガソリンを流し込んで、そのあとでそいつに火炎放射器で火をつけるのが、あいつらの手口だ。焼き殺されなくても、窒息死する。いいか、だからって捕虜になろうなんて

了見は起こすんじゃねえぞ。あいつらは、男はみんな玉抜きにする。女は犯す。いやしくも日本人たる者がそんな辱《はずかし》めを受けてはならない。そうなるまえに自決しろ、自決を」

いきなり、そう、がなりだしたのだ。それだけでもう血相が変わっていた。正気の沙汰《さた》ではない。その目が般若《はんにゃ》のように吊り上がり、唇の端に泡がこぼれていた。

がなりながら機関短銃を振り回す。女たちは銃口を向けられるたびに、小さく声をあげてそれから逃げようとした。顔を伏せる者もいれば、身をすくめる者もいる。

「おまえたちは自決用の青酸カリを支給されてるはずだ。戦車が洞窟にやって来るまえに、それを飲め。いいな、遅れをとるんじゃないぞ。絶対に卑怯《ひきょう》未練な真似はするな」

戦況が窮迫《きゅうはく》の度合いを高め、断末魔の様相を呈しはじめたいま、そうしたことを口にする男たちは少なくなかった。たんに立場上そう言わざるをえなかった者もいるだろうし、本心からそう思い込んでいる者もいたにちがいない。

女たち、老人たち、少年少女たちのなかには、そうした言葉を真に受け、本心から自殺を覚悟している者が大勢いた。そのための青酸カリ、手榴弾を支給されている者は幸いで、なかには鎌で首をかき切ろうと覚悟している者もいたし、鉛筆削り用の小刀で喉を突こうと考えている者さえいた。

しかし、相沢のように、まるで何かに取り憑《つ》かれたように自決をひたすら強要する者は多くなかった。言葉の中身が問題なのではない。その物言い、表情に異常性がきわだって透けて見えるのが異常なのだ。それは女たちに自決を覚悟させるより、むしろ恐怖を植えつけることのほうが大きかった。この男の言動は完全に常軌を逸《いっ》していた。

「そんなこと言ったって」さすがに耐えかねたように里江が言った。「私たちのなかには、赤ん坊連れの人もいるし、お腹に赤ちゃんがいる人もいるし――」

「だから何だというんだ。恥を知れ、恥を――非国民め。あいつらの奴隷《どれい》になっておめおめと生きながらえたいのか。奴らの妾《めかけ》になってまで生きたいのか。赤ん坊だろうが何だろうが日本人であることに変わりはないだろうが」

里江の言葉は相沢の異常になおさら火をつけてしまったようだ。その声が上ずって、ほとんど悲鳴のようにまで高まった。相沢は狂ったように叫びつづけた。

「貴様ら、あいつらの手に落ちるぐらいなら、全員、舌を噛んで死んでしまえ」

と、そのとき洞窟の隅の方から、ボソボソとした声で、「彼らは民間人の捕虜を虐待《ぎゃくたい》したりなんかしない。国際法にのっとってちゃんと人間として扱ってくれるはずだ」そうつぶやく声が聞こえてきた。

それがあの軍医の声だということはすぐにわかった。その声は低いが、かすかに怒りがこもっているようだ。彼もまた、相沢の凶暴な言葉の連続に堪忍袋の緒が切れたのかもしれなかった。

「誰だ、そんなふざけたことを言いやがる野郎は」

相沢は機関短銃をかまえて喚《わめ》きちらし、声がしたほうに足を踏み出そうとした。いまにも引き金を絞りかねない獰猛《どうもう》さを感じさせた。

「待ってくれ、怪我《けが》人なんだ、痛みで意識が朦朧《もうろう》としてる」気がついたときには、嘉助は両手をひろげ、相沢のまえに立ちはだかっていた。「勘弁してやってくれ、まともな精神状態じゃないんだ」

阿礼子も立ちあがり、「それにその人は軍医とはいっても少尉だよ。あんた、軍曹だろう。軍曹が少尉を撃ったりしたらとんでもないことになるんじゃないのかね」奇妙に落ち着いた声でそう言った。「それに、あの戦車はあと十分もしないうちに、この洞窟に押し寄せてくる。そのときのために弾は温存しておいた方がいいんじゃない。味方を撃つのに使う弾なんかないんじゃないの」

いつもながら阿礼子の言葉には説得力がある。さしもの狂犬のような相沢もそれには従わないわけにはいかなかったようだ。ブツブツと何事か不平がましいことをつぶやきながら洞窟の隅に引っ込んでいった。

「警察部で支給された青酸カリがあるはずです。いざというときのために私が一括管理させてもらいます。これをみなさんに回してください。このなかに青酸カリの錠剤を入れてください――いざというときには、私がそれを皆さんにお配りし、号令をかけます。それで一斉に飲むことにしましょう。それなら失敗がない」

嘉助はヘルメットを取り、それを尚子に手渡した。

「……」

尚子は一瞬、鋭い、刺すような目で嘉助のことを見つめたが、嘉助の真意をとらえ損ねたようだ。半信半疑の表情のまま、自分の青酸カリをそのなかに入れ、ヘルメットを次の女に手渡した。

どこか洞窟の暗がりで、そうだ、そうすりゃいいんだ、いざというときのためにお前が青酸カリを管理してればいい、と満足げにつぶやく相沢の声が聞こえてきた。

が、嘉助はそれに応じるつもりにもなれなかった。決して相沢が考えているような意図《いと》のもとに、青酸カリを集めよう、と思ったわけではない。さっき流れに踏み込んで、水蒸気を霧のように噴き出している幽霊戦車の姿を見て、ふと思いついたことがある。それがうまくいくかどうか、確信はなかったが、ここでみすみす座死するよりは、百に一つの可能性にかけて、何でもやってみるべきではないか、と決意したまでのことだ。

「私らが自決するのはかまわないよ」里江が、相沢に聞かれないように小声で言う。「ここまで土壇場《どたんば》にさしかかったんじゃ、どうにもならないもんね。私らのことはもういい。あきらめた。でも赤ちゃんとか、お腹のなかの赤ん坊まで殺すなんて、私にはとてもそんなことできっこない」

「それもわかってる」嘉助は里江の顔を見て力づけるようにうなずいた。「これはそうしたことを十分にわかったうえでやってることなんだ」

「赤ん坊や、お腹の赤ちゃんまで殺そうというんだったら」里江が静かに言い切った。まんざら嘘でもなければ虚勢でもないような口ぶりだった。「私があんたを殺すよ」

「だから、わかってるって。みんな、わかってることなんだ……」

そのとき、あんた、と後ろから阿礼子が囁きかけてきた。

「さっき、あの戦車に何かを見たんじゃないの。あんた、そういう顔してる」

「……」

阿礼子の観察眼の鋭さにとっさに返事をすることができなかった。そういえば彼女はこの島の代々、巫女の血筋を引く女性だと聞いた。彼女もまた人の見ないものを見て、人の聞かないものを聞くのだろうか。

そのことを改めて阿礼子に問いただそうとしたとき、おい、猿谷嘉助、と思いがけない人物が声をかけてきたのだった。

負傷をした軍医だ。これまで担架に運ばれるまま、終始、無言を貫いて、嘉助を無視してきた軍医が、ここにきて急に饒舌《じょうぜつ》になったようだ。猿谷嘉助、と呼びかける声が妙に馴れ馴れしいもののように感じたのは気のせいだろうか。

「俺にもその戦車を見せてくれないか。俺もそれを見たい」と軍医はそう言う。

「そんなこと言ったって、あんたは歩けないじゃないか」

「おまえが肩をかしてくれればいい。そうすれば、どうにか歩けるはずだ」

「そんな無理なことしなくたって、あと十分もすれば、あいつはこの洞窟の入り口に来るはずだ。いやでもその姿を見ることになるんだけどな」

「いいから、力惜しみをするな。お前の悪いクセだ」

「俺の悪いクセ？」嘉助は洞窟の薄闇《うすやみ》を透かすように軍医の顔を見た。「あんた、前に俺に会ったことがあるのか」

「何度もある」軍医は言い切った。「だから、そのよしみで、俺にその戦車を見せろ。お前には俺にそれぐらいの義理はあるはずだ」

「……」

軍医の言葉には何かしら逆らいがたい威厳のようなものが感じられた。やむをえない。半信半疑ながら、肩を貸し、軍医を洞窟の入り口まで引きずっていった。軍医は一度だけ、痛い、とうめいたが、総じて忍耐強く、嘉助の乱暴な扱いに耐えた。

「見えるか、あれが」

「ああ、見える」

幽霊戦車はすでに流れを渡りきっていた。確かに、この調子なら、あと数分もしないうちに洞窟の入り口に到達するにちがいない。こちらには投擲《とうてき》する地雷もなければ、対戦車砲もない。あれがただの戦車でもやられっぱなしになっているしかないだろう。ましてや不気味で得体の知れない幽霊戦車《クトゥルフ》が相手なのだ。どんな目にあわされることになるか想像もつかない。

逃げられればいいのだが、赤ん坊を抱いた女性、妊娠している女性と一緒では、とうてい逃げ切れない。機銃掃射《そうしゃ》か、砲弾の一、二発もあびせかけられて、全滅するのが落ちだろう。女たちをみすみす自決させないためには、何とか戦って勝利するしかないわけなのだが、拳銃、機関短銃、手榴弾が二個――あとは青酸カリだけではどうにも戦いようがなかった。

「お前にもあれが見えるのか」ふいに軍医が声を強めて言った。「お前にもあの化け物がわかるのか」

「ああ、見える、わかる」反射的にそう返事をし、自分で自分の言葉におどろいた。「あんたにもあれが化け物に見えるのか。あれがわかるのか」

「見えるさ、わかるよ」軍医はかすかに笑ったようだ。嘉助の顔を見た。「俺だよ、猿谷嘉助、村の小学校で一年上級だった新藤一郎だ」

「新藤一郎……」

嘉助はまじまじと相手の顔を見つめた。

包帯に半ば覆い隠され、やつれて、削《そ》げた顔を通して、確かに遠い歳月、十年以上もの昔に、一緒に山川で遊んだ六年生の面影が透かし見えてきた。

懐かしいというより、ただおどろきのほうが先に立った。嘉助は小学校五年の冬休みのまえに岩手を出ている。一郎とはそのときに別れて以来だ。学年も違った。二十三歳になり、巡査となって戦争のさなかにあるいまの嘉助に、昔をしのぶ余裕もなければ、懐かしさもない。ただ過ぎ去った歳月の茫漠《ぼうばく》とした感触が残されているだけなのだった。

「ああ、そうだ。おめーは一郎だ……」嘉助はぼんやりとつぶやいた。

一郎は苦笑しながら、「そうだよ、一郎だ――おめえ、風の又三郎を覚えてねえけ。よく一緒に又三郎と遊んだでねーか。又三郎は風の妖精だべ。あのころ又三郎と一緒に遊んだから、わしら、こうして悪い魔物《クトゥルフ》も見ることができるんさ」

「又三郎」

一瞬、一郎が何を言っているのか、理解できなかった。何も浮かばず、何も思い出せず、ただ頭のなかを「風の又三郎」という言葉だけが風車《かざぐるま》のようにクルクルと回転するのだけを感じていた。そして、どこか遠い虚空《こくう》の彼方から……

「だれだ、時間にならない教室にはいってるのは」

　という一郎の声が聞こえた。

「お天気のいい時教室さはいってるど、先生にうんとしからえるぞ」窓の下から誰かがそう言う。

「しからえでもおら知らないよ」とこれは嘉助が言った。

「早ぐ出はって来《こ》、出はって来」と一郎が言う。

　けれどもその子供は教室のなかにいて、きょろきょろ室のなかや、みんなのほうを見るばかりで、やっぱりちゃんと膝《ひざ》に手をおいて腰掛けにすわっているのだった。

　風がどうと吹いて来て教室のガラス戸はみんながたがた鳴り、学校のうしろの山の萱《かや》や栗《くり》の木はみんな変に青白くなってゆれ、教室のなかの子供はなんだかにやっと笑ってすこし動いたようだった。

「ああ、わかった。あいつは風の又三郎だぞ」

　そう声をあげたのはあのとき五年生だった嘉助自身なのだった。いまとなっては、何を思って、どうしてそんなことを叫んだのか、嘉助にもよく思い出せない。それまでに風の又三郎のことは誰か大人から聞いたのだろうか。それさえ思い出せない。

「ああ」

思わず声が洩れた。

赤い髪、だぶだぶの上着、半ズボン、それに赤い革の半靴……ついさっき、風の又三郎の姿を見かけたばかりなのを思い出したのだった。あれから十年以上が過ぎ、嘉助も、一郎もすっかりくたびれきった大人になったのに、又三郎だけはあいかわらず子供のままなのだった。ということは、一郎が言うように、やはり又三郎は風の妖精なのだろうか。

それではあれは幻覚ではなかったのか。十年以上も前、岩手の山奥に現れた又三郎が、どうしてこの戦火にさらされた南の島に、また現れたのか。気まぐれに？ それとも何かを告げに出てきたのだろうか。

「……」

呆然としている嘉助を見ながら、そうか、やっぱりお前もそうなのか、と一郎が自分自身に確認するようにつぶやいた。

「お前もやっぱり又三郎の姿を見たんだな」

「あんたもそうか」嘉助は改めて一郎の顔を見た。「あんたもやっぱり又三郎を見たのか」

「ああ」一郎はうなずいた。「それで俺はおどろいて野戦病院の天幕から飛び出した。その直後に天幕が砲撃で吹っ飛ばされた。あのまま、あの天幕にいれば、俺の命はなかったろう」

「……」

「妙な巡り合わせで、陸軍の野戦病院壕から、警察部壕に移転させられた。俺は包帯でグルグル巻きにされてたから、お前は俺に気づかなかったろうが、俺のほうはすぐにお前に気がついたよ」

「どうして声をかけてくれなかったんだ」

「恥ずかしかったからだ」

「恥ずかしかった？　何が」

「これがだよ、この全部が何もかも恥ずかしかった」一郎はふらつきながら、一瞬、嘉助の肩から離れ、両手で周囲をぐるりと指し示した。「このありさますべてが恥ずかしかった」

「何を言ってるんだ？　俺にはよくわからない」

「お前だって子供の頃に又三郎を見てるんだ。わからないことがあるもんか。又三郎は子供の神様なんだぜ。お前も大人からそう聞いたことがあるだろ。又三郎は俺達に何か知らせるために、ああして俺達の前に姿を現したに決まってるんだ。それなのに——見ろよ、このていたらくを。この戦争を。お前は又三郎に対してこれを恥ずかしいとは思わないか。面目《めんぼく》ないとは思わないか」

「……」

一郎が何を言わんとしているのか、嘉助にもおぼろげながら理解できるような気がした。

確かに恥ずかしいし、面目ないとも思う。しかし、そうではあっても、あの又三郎が改めて二人の前に姿を見せたからには、なにか別の意味があるはずだった。違う目的があるはずだ。そのことをぜひとも知りたい、知らなければならない、と思った。

「クトゥルフとは何なんだ」けれども嘉助はその興味とは異なる質問をしていた。「何であんな化け物が現れたんだ？　どうしてあいつは俺達だけにその正体を見せるんだ」

「戦死した敵の背嚢《はいのう》に薄い本が入っていた。敵の言葉に堪能《たんのう》な兵隊が上官の目を盗みながらそれを読んだんだそうだ。何でも『ウイアード・テイルズ』という雑誌だったらしいんだが。そのなかに──」

一郎はちょっとぎこちない口調で敵国語を話した。医専を卒業しているはずだが、あまり外国語は得意ではないようだ。

「『ザ・コール・オブ・クトゥルフ』という怪奇小説が載っていたらしい。『クトゥルフの呼び声』とでも翻訳《ほんやく》すればいいのかな。断っておくが、これを本当にクトゥルフと読むのかどうか、それはわからないぜ。とりあえず、そう読んだ、ということらしい。その怪奇小説では、太古《たいこ》に、宇宙から地球に化け物がやってきて、それがひそかに隠れ住んでいる、という設定になってるそうだ。それを読んだその兵隊は、この戦争も──いや、これまでのありとあらゆる戦争が──そのクトゥルフの仕業《しわざ》なんじゃないか、とそう考えたらしい。それでクトゥルフを呪いながら死んでった」

「だけど、それって理屈に合わないじゃないか」嘉助は反論した。「その『クトゥルフの呼び声』ては、ただのお話なんだろ？　それがどうしてこの現実の戦争にかかわってくるというんだ」

「そんなこと俺が知るか」一郎は吐き捨てるように言った。「それはただそいつがそう思ったというだけの話だろうぜ。それなら聞くが、あの風の又三郎はどうなんだ？　あれは本当に実在したものなのか。それとも幻想にすぎなかったのか」

「……」

そう言われると嘉助には何も言えなくなってしまう。あの又三郎と過ごした日々のことを思い出すと、何か不思議なことばかり続いたようにも感じられるし、じつは何も不思議なことなど起きなかったようにも感じられる。記憶がその二つの間に引き裂かれているように思えるのだ。

なにより、あの間《かん》の記憶だけが、夢のようにとりとめがなく、ぼんやりと焦点を結ばない。風の又三郎なんか本当にいたのだろうか。

「何にしろ、これだけは言える」一郎は怪我にやつれた顔に弱々しい笑みを浮かべた。「あの風の又三郎を見た俺たちだからこそ、クトゥルフもこうして見ることができるんじゃないか」

そうだろうか。嘉助は疑問に思う。ほんとうにそうだろうか……

5

「俺は北支山西省の六十二師団隷下の独立歩兵第十一大隊にいた。すこし言葉を覚えたよ。こういうときには、不知道《プーチータオ》と言うのさ、自分にはわからないってこと――」

一郎が力のない声で笑う。

そう、結局、幽霊戦車が何であるのか、その実体はわからずじまいだった。

戦争にはいつも、何か得体《えたい》の知れない要素、悪魔的とでも呼ぶべきものがつきまとうのだという。戦争に怪談話はつきものだ。それがこの南の島の戦争では――敵味方双方において――クトゥルフと呼ばれているのではないか。

それがなぜなのか、はっきりしたことはわからない。一郎が推測したように、たんに敵兵の死体から回収された古い雑誌の短編から適当に取られた名前なのかもしれない。それとも幽霊戦車と、クトゥルフの呼び名との間に、何かもっと強い、切実ともいうべきような、内的な関連があるのだろうか。

どうして子供の頃に——短い期間ではあったが——風の又三郎と同じ日々を過ごした嘉助と一郎とが、幽霊戦車の実体を見ることができるようになったのか、それもまたはっきりした理由はわからない。

これもまた一郎が推測するように、いい精霊を見た人間は、その余波から悪い精霊を見る能力を授けられるということなのかもしれない。

が、それももちろん推測の域を出ないことであるし、何より、いい精霊だの、悪い精霊だのと考えること自体、あまりに子供っぽすぎるような気がしないでもない。

それに幽霊戦車を骨と腐肉の集合物のように見てしまう嘉助たちの認識が必ずしも正しいと限ったわけではないのだ。実は、それをたんなる戦車と見なす、他の人間の認識のほうが正しくて、嘉助たちの認知が歪んでいるだけなのかもしれない。

要するに、何もはっきりしたことはわからないわけなのだった。わからないままに、事態だけが一方的に、急速に進んでしまっている。

ついに幽霊戦車は流れを渡り切って、ひたすらこの洞窟へと向かってきている。その姿が洞窟入り口をふさぐまで、あと五分とは要さないだろう。すぐだ。

女たちは洞窟の奥にひとかたまりに集まって身をすくめている。固唾《かたず》を飲んで、そのときをひたすら待ち続けている。そのとき、最後の瞬間を、だ。

　もちろん、そうでない女もいる。妊娠している女が産気づいてしまった。里江がつきっきりに彼女についている。洞窟の中で、火を焚《た》くのは、煙がこもって、決して好ましいことではないのだが、この状況ではそんなことも言っていられない。洞窟の奥で焚き火をして、湯を沸かすことにした。

　こんな状況での出産などありえない。じつに最悪だ。

　できれば、里江の力で出産を遅らせることができれば、それが望ましいのだが、これぱかりは人知のおよぶところではない。すべては成りゆきにまかせるしかない。

　すでに戦車のキャタピラ音が洞窟のなかにまで伝わりつつあった。その轟音《ごうおん》が地鳴りのように洞窟内に反響する。洞窟の天井から土ぼこりが落ちてきた。

　さっきの豪雨で洞窟のなかにもそこかしこに水たまりができている。戦車が近づくにつれ、その水面にさざ波が走り、揺れる。赤い光が天井、洞壁におどる。

　まがりなりにも幽霊戦車を――相沢にとってはただの戦車だが――迎え撃つ態勢を整えているのは、嘉助と、相沢の二人しかいない。しかも嘉助の拳銃と、相沢の機関短銃は、それに通用しないことがすでにわかっている。いやでも二人は無力感に陥らざるをえない。ほとんど自殺も同然の臨戦態勢なのだった。

　ふいに洞窟の奥から赤ん坊の泣き声が聞こえてきた。一瞬、出産したのかと思い、嘉助はギクリとしたが、そうではなかった。尚子の赤ん坊が泣きだしたのだった。

　何もこんなときに限って――と思うのだが、考えてみれば、いつ泣くのか、時と場所を選ばないのが赤ん坊の特権ではないか。そんなことに文句を言っても始まらないだろう。

「ええい、黙らせろ、黙らせないか」

しかし、相沢という男はおよそ、そうした達観からは縁遠い男のようだ。いらだった声をあげた。

「あいつにこちらの位置を悟られてしまう」

「よしよし、いい子だね、泣かないのよ、泣かないの」

尚子がオロオロと赤ん坊をなだめたが、赤ん坊というものは保護者の精神が安定を欠くのをすぐに覚る。それに敏感に反応し、なおさら大声で泣き声を上げる。

「ええい、うるさい、うるさい」

相沢がヒステリックな声を上げて立ち上がった。自分の方がよほどうるさいのだが、それに留意する気の配りはすでに失われているようだ。この男はやはり正気ではない。

「そんなガキ、たたっ殺してしまえ」

それを聞いて闇のなかにムクリと人影が立ち上がった。そんなことはさせないよ、と言う。里江だ。いつも穏やかなその声が、いまは凄《すご》みを利かせて、強い。

「赤ん坊に指一本だって触れさせるものか。そんなことをしようものなら、私がその前にあんたを殺す」

里江の思いもかけない一面と言うべきだった。

しかし、里江がそのことを危惧《きぐ》するのにも一理はあるのだ。敵が通過するとき、あるいは敵に囲まれているときに、民間人の赤ん坊が泣きだし、それを黙らせるために、つい窒息《ちっそく》死させてしまった——というのは日常的によく聞く話なのだ。日本人から日本人の赤ん坊を守らなければならないのが、この戦争というやつの正体なのだった。

「俺を殺す、だ？」焚き火の火明かりに映《は》えて相沢の表情がグロテスクに歪んだ。「やれるものならやってみろ。その前に蜂《はち》の巣にしてやる」

すると、べつの闇の隅から、「里江さんは私たちの大切なお産婆さんだ。彼女に一発でも撃ってごらん。私たち女全員であんたを八つ裂きにしてやる」と阿礼子の声が聞こえてきた。

決して脅しではなかった。それまで洞窟の奥にひとかたまりになって、ただもう無力に震えていただけの女たちが今はもう闇のそこかしこに散っている。機会をうかがっている。阿礼子が号令を発すれば、彼女たちは一斉に相沢に襲いかかっていくに違いない。

「おい、おまえ」

相沢は嘉助に銃口を向けた。その声がかすかに震えていた。

「あのガキに青酸カリを飲ませろ。どうせ、いずれは女たちもガキも自決するんだ。早いか遅いかだけの違いだろう」

「青酸カリは」嘉助は腹に力をこめて言った。「もうないよ」

「何だと、どういうことだ」相沢が目を剝いてわめいた。「もうないってのはどういう意味だ」

「文字通りの意味だ。青酸カリはもうない。すべて使ってしまった」

「きさま、この非国民め、最初から女たちを自決させるつもりなんかなかったんだな。よし、わかった。

まずはきさまから血祭りにあげてやる」

相沢がわめいた。その大声がワンワンと洞窟内に響き渡った。機関短銃の銃口を嘉助に向けた。

同時にいろんなことが起こった。

まずはいきなり幽霊戦車が洞窟の入り口をふさいだ。その砲塔に装着されたサーチライトが洞窟内の奥の奥まで一直線に照らし出した。そのエンジン音が、相沢のわめき声に重なり、まるで野獣のおめきのような狂騒音《きょうそうおん》が洞窟内をつんざいた。

――ああ!

嘉助は頭のなかで声をあげた。

幽霊戦車《クトゥルフ》は一気に洞窟のなかに進入してくると予想していた。その予想のもとに入念に準備をした。が、予想に反して、幽霊戦車は洞窟の入り口に停止したまま、そこから先に進んでこようとはしなかった。嘉助の準備はすべて無駄に終わってしまうのだろうか。

と、そのとき、サーチライトの明かりのなかを何者かの跳躍する姿が水平にかすめた。一郎だった。ろくに動くこともできないはずの一郎が、暗闇に乗じ、じりじりと這いながら相沢に近づきつつあったのだ。

そして一気に跳躍した。

が、さすがに相沢は叩き上げの下士官だった。その気配に敏感に応じ、反射的に機関短銃をそちらに発射したのだった。

一郎は相沢に抱きついたが、闇のなかに機関短銃の火線と、一郎の背中からほとばしる血しぶきが交叉した。銃口を腹に押しつけられて接射された。一郎は即死した。

が、それを言うなら、相沢も即死だったに違いない。相沢に飛びつき、撃たれるのとほとんど同時に、一郎が自決用に持っていた手榴弾が炸裂したからだ。血と肉が飛び散り、驟雨《しゅうう》のようにザアッと嘉助たちの頭上に降りそそいだ。

——一郎！

嘉助は悲痛な声を張りあげた。

思い出した。又三郎がいたころ、嘉助たちは一郎の兄《あにさ》の牧場の馬をうっかり逃がしてしまったことがある。懸命に馬を追っかけているうちに、嘉助は迷子になってしまった。あのときも一郎が嘉助を助け出してくれたのだ。いまのように。

——一郎は二度も俺のことを助けてくれたんだ……

そのことに胸がつまった。泣き出しそうになった。反射的に一郎のもとに駆け寄ろうとした。

が、幽霊戦車の反応のほうが嘉助よりもはるかに速かった。あっ、という間に、一郎と相沢の死体のもとにキャタピラを進めていた。まるで古い映画館で映画の齣《コマ》が切れるのを見るかのようだった。一瞬、時間が飛んで、瞬《まばた》きしたときには、もうそれは洞窟のなかまで入り込んでいたのだ。

ピシャピシャ、と胸の悪くなるような、舌なめずりに似た音が聞こえてきた。二人の死体の、散乱した肉と骨とが幽霊戦車のなかに取り込まれていった。

それがどのようにして行われているのか、どんなに視線をこらしても見きわめることができないのだが、確かに二人の肉と骨とが幽霊戦車に回収されつつあるのだった。

——こいつの食料は戦争で死んだ人間たちなのだ。

おぞましかった。しかし、それ以上に怒りの方が強かった。こいつは人間が戦争で殺しあうのを楽しみにしているんだ。こいつにとって人間の戦争は娯楽なんだ……

一瞬、その怒りが爆発したのかと思った。

が、そうではなかった。実際に爆発したのは、嘉助の手榴弾なのだった。

手榴弾のピンにヒモを結びつけ、もう一方の端を地面にのばし、それが幽霊戦車のキャタピラに巻き込まれると、そのピンが抜けるように細工をした。

ピンが抜ければ、当然、手榴弾は爆発する。

幽霊戦車の車体が傾いた。見る間に穴の底に落ちていった。

グワァア、という金属の悲鳴が洞窟にとどろいた。断末魔の悲鳴だと、そう思いたい、そう信じたい、という思いが嘉助の胸をつらぬいた。

——どうか、どうか、お願いだから、ああ、又三郎……

洞窟には大量の水が流入していた。深い穴ぼこがあり、そこにその水が溜まっていた。その穴ぼこの上に担架を渡した。泥を担架のうえに塗り重ね、周囲の地面と見分けがつかないように細工を施した。要するに、落とし穴を作ったわけなのだ。

その上にキャタピラが進んでくれれば、手榴弾が爆発し、幽霊戦車は穴ぼこに落ちる。そして、その底に溜まった水にすべての青酸カリを放り込んでおいた。

幽霊戦車は吸い込んだ水を霧のように吐き出した。それを見て、幽霊戦車は生き物ではないのか、と嘉助は思った。水を吸い込むのであれば、当然、そのなかに混入された青酸カリも吸い込むだろう。幽霊戦車がほんとうに生き物であれば、それがほんとうにクトゥルフという化け物であれば、これだけ大量の青酸カリを吸い込めば、死んでしまうのではないか。

しかし……

幽霊戦車は嘉助の予想をはるかに絶した怪物なのだった。

焚き火の火明かりのなか、穴ぼこの縁に、なにかがうごめいた。腕とも、触手ともつかないものが、ベタリ、と穴の縁に張りついて、そのウロコが、ゾワゾワと波打ち、ざわめいて、その下にあるものをゆっくり持ちあげた。

その下から、何かこれまで人間が目にしたことのないものが、おぞましく、汚らわしいものが徐々にその巨体をせり上げてくるのが見えた。らん、と赤い目が光った。目は八つあった。

悲鳴すら出なかった。悲鳴をあげる恐ろしさ、不気味さなどとうに超えていた。理性の針が完全にふっ切れていた。人間の語彙《ごい》にそれを表現しうる言葉はない。それは人間の理解を絶し、その五感さえも裏切る何かなのだった。

焚き火の明かりがとぼしいのが幸運だった。もしそれをまともに見るようなことになれば嘉助はその場に気死してしまったことだろう。

嘉助はまるで自分が操り人形になったかのように感じていた。自分でもそうと意識せずに、二歩、三歩と足をまえに進め、拳銃を撃った。すぐに全弾を撃ちつくした、弾倉を入れ替え、また機械的に撃った。銃弾は何の苦痛もクトゥルフにもたらさずにいるようだが、それすらいまの嘉助にはどうでもいいことだった。

ただ撃った。撃たずにはいられなかった。

そのとき赤ん坊の泣き声が聞こえてきたのだ。

「産まれたよ」里江の叫ぶ声が聞こえた。「女たち、何してる、赤ん坊を助けろ」

それを聞いて最初に動いたのは尚子だった。自分も赤ん坊を抱きながら、その少女のような肢体《したい》が、火明かりのなかをかすめた。

「赤ん坊を助けろ」

わめきざま、拳のような石をクトゥルフに投げつけた。

その声に女たちはわれに返ったようだ。尚子にならって一斉にクトゥルフに石を投げつけはじめた。ついさっきまで自決を覚悟していたはずの女たちが、赤ん坊を助けるために、自分たちが生き延びるために、懸命にクトゥルフと——「死」と戦おうとしていた。

嘉助もまた必死に拳銃を撃ちつづけた。

いまはもうついさっきまでの無感動な状態から脱していた。赤ん坊を助けるために、女たちを助けるために、自分自身を助けるために、懸命に撃ちつづけた。

「赤ん坊を助けろ、赤ん坊を助けろ……」

ふいに視界の隅に稗田阿礼子が岩角に立っているのが入ってきた。阿礼子は天井を見あげ、しきりに何かを祈っているかのように見えた。

島の巫女だ、と嘉助は思った。島の巫女が子供たちの神様に救いを求めている。風の又三郎に――

グワワワァアア！

クトゥルフの咆吼《ほうこう》が聞こえた。とうとう女たちの攻撃に耐えられなくなったのかもしれない。その腐肉のような醜悪《しゅうあく》な身体を震わせ、クワッ、と顎《あご》を開いた、その奥に地獄の炎が燃えさかるのが見えた。火炎を吐いた。

それは赤ん坊を、女たちを、嘉助を舐めつくし、すべてを焼きつくす火炎のはずだった。

が、そのとき洞窟の奥のほうから激しい風がクトゥルフに向かって吹いたのだ。炎は逆流した。クトゥルフを焼いた。

悲鳴とともにクトゥルフは穴の底に落ちていった。もう二度とは這《は》いあがろうとはしなかった。

気のせいかもしれない。おそらく一瞬の幻覚にちがいない……が、そのとき嘉助は確かに、どこか水晶のように澄んだ青い空を、ガラスのマントを着た風の又三郎が駆け抜けていく姿を見たのだった。風を後ろに曳《ひ》きながら。

――ありがとう、又三郎。

嘉助はいつしか自分が泣きじゃくっているのに気がついた。


その直後に彼らは敵軍に投降して捕虜になった。

それから二カ月ちょっとで戦争は終わった。

嘉助は巡査に戻った。すぐに警部補に昇格し、本署勤務になった。

闇市の雑踏で、尚子とすれ違った。

尚子はすっかりたくましいお母さんの顔になっていた。野菜を値切っていた。

あのときに何があったのか、もうすでに嘉助の記憶からそれは薄らぎつつあった。おそらく、あのときの女たちもみんなそれを忘れかけていることだろう、

——あの赤ん坊は、それからあのときに産まれた赤ん坊も、きっと幸せな子供になるにちがいない。

嘉助はそう確信した。

なぜなら風の又三郎は子供の神様なのだから……

気がついたときには尚子の姿は闇市の雑踏にのまれて見えなくなっていた。そのたくましく、自信に満ちた笑顔が記憶に残された。

笑顔、それに——又三郎、と赤ん坊に呼びかける尚子の優しい声が。

いまも忘れない。

後書き

クトゥルフ関連の短編集を出してもらえることになりました。

ありがたいことです。感謝します。


執筆当時はまったくそんなことは意識していなかったのですが、「銀の弾丸」は日本人が書いた史上二番目のクトゥルフ作品だそうです。そのおかげでしょうか。この作品のことをいまも話題にしてくださる人が少なくありません。怪我の功名ということかもしれません。

「おどり喰い」は野坂昭如《のさかあきゆき》氏の名作「火垂《ほたる》の墓」に触発《しょくはつ》されて書いたものです。何で「火垂の墓」に触発されてこんな作品になるのか、とお怒りになる向きもあるかもしれませんが、事実、そうなのだから仕方ありません。どうかお許しのほどをお願いします。

「悪魔の辞典」と「松井清衛門、推参つかまつる」は両方ともわりと気にいっている作品です。両方とも五十枚という短編のなかでどれだけ大勢の人を殺せるか、ということを念頭において書きました。「何じゃ、それは」と思われるかもしれませんが、要するに短編小説の鍛錬《たんれん》のようなものだと思っていただければ幸いです。二作ともそのかぎりではわりに成功したのではないか、と考えています。前者の作品はダシル・

ハメットの短篇の、後者の作品は稲垣足穂《いながきたるほ》氏の小説へのオマージュという意識もありました。

「贖罪の惑星」は、編集氏からタイトルを聞かされても、内容を聞かされても、まったく自分が書いたと思い出せない作品でした。さすがにゲラを読みはじめたときには、記憶の底でうごめくものがあったのですが、急遽、編集部からの疑問点だけを直す、という方針に切り替えました。せっかく忘れているのに勿体ない、と思ったからでした。なにしろ長い小説家人生です。一作ぐらい自分が書いたのか人が書いたのかわからない小説があってもいいじゃないですか。

「戦場の又三郎」はこの短編集のための書き下ろしです。いちばん長い作品になりました。「風の又三郎」を読んだときに、この作品の発表年を、登場する少年たちの年齢に重ねあわせると、ちょうど戦争にかり出される世代にぴったり重なることに気がついたのでした。あの小学校の子供たちの何人かは戦場に散っていったはずなのです。そのときに「戦場の又三郎」というタイトルを思いつきました、それから何十年になるか、ようやくここに執筆することができて嬉しく思っています。

読者の皆様に楽しんで読んでいただけること、ただそれのみを念じています。お楽しみいただければ幸いです。

山田正紀

＊初出一覧

銀の弾丸……『小説現代』一九七七年四月号・講談社
おどり喰い……『秘神界―歴史編―』二〇〇二年・東京創元社
松井清衛門、推参つかまつる……『怪獣文藝』二〇一三年・メディアファクトリー
悪魔の辞典……『小説すばる』二〇〇五年八月号・集英社
贖罪の惑星……『小説推理』一九七六年九月号・双葉社
石に漱ぎて滅びなば……『書き下ろし日本ＳＦコレクション NOVA+: 屍者たちの帝国』二〇一五年・河出書房

《クトゥルー×メタＳＦの新ジャンル！》

クトゥルフ少女戦隊　第一部

山田正紀

本体価格・一三〇〇円／四六版
カバーイラスト・猫将軍

《作品紹介》

5億4000万年前、突如として生物の「門」がすべて出そろうカンブリア爆発が起こった。このときに先行するおびただしい生物の可能性が、発現されることなく進化の途上から消えていった。これは実は超遺伝子「メタ・ゲノム」が遺伝子配列そのものに進化圧を加える壊滅的なメタ進化なのだった。いままたそのメタ進化が起ころうとしている。この怪物遺伝子をいかに抑制するか。そのミッションに招集された現行の生命体は三種、敵か味方か遺伝子改変されたゴキブリ群、進化の実験に使われた実験マウス（マウス・クリスト）、そして人間未満人間以上の四人のクトゥルフ少女たち。その名も、究極少女、限界少女、例外少女、そして実存少女……。

《クトゥルー×メタＳＦの新ジャンル！》

クトゥルフ少女戦隊　第二部

山田正紀

本体価格・一三〇〇円／四六版
カバーイラスト・猫将軍

《作品紹介》

地球上の生命の全てを絶滅に導くという「クトゥルフ爆発」。それを阻止するべく選ばれた４人の少女たち——実存少女サヤキ、限界少女ニラカ、例外少女ウユウ、究極少女マナミ。そして、絶対不在少年マカミをただひたすら愛する……まるで、そう定められているかのように。「クトゥルフ爆発」とは、「クトゥルフ」とは何なのか？　血反吐を吐きながら、少女たちはそう叫ぶ！　死の淵に墜ちたとき、少女たちはその正体に気づく。「進化」と「死」に立ち向かうとき、その先には何が待つのか……？

クトゥルフ×メタ SF、待望の続編！

クトゥルー・ミュトス・ファイルズ
The Cthulhu Mythos Files

クトゥルー短編集
銀の弾丸

2017年12月10日　第1刷

著　者
山田 正紀

発行人
酒井 武史

カバーイラスト　桜井 ココロ
本文中のイラスト　桜井 ココロ、R・ピックマン、如澤 涼音
帯デザイン　山田 剛毅

発行所　株式会社　創土社
〒165-0031 東京都中野区上鷺宮 5-18-3
電話 03-3970-2669　FAX 03-3825-8714
http://www.soudosha.jp

印刷　株式会社シナノ
ISBN978-4-7988-3045-2　C0093
定価はカバーに印刷してあります。

『超訳ラヴクラフトライト』1〜3
全国書店にて絶賛発売中！
超訳
ラヴクラフトライト
Super Liberal Interpretation
Lovecraft Light
創土社